Un pied-de-biche dans la salade

© 2020, Raphaëlle Jeantet

Édition : BoD – Books on Demand
12/14 rond-point des Champs-Élysées, 75008 Paris
Impression : BoD – Books on Demand, Norderstedt, Allemagne

ISBN : 978-2-322-22396-1

Dépôt légal : mai 2020

Raphaëlle Jeantet

Un pied-de-biche dans la salade

Roman

1

Il fait noir. Il y a comme un marteau qui tape sur ma tête. Un lendemain de cuite puissance dix au niveau du carafon. Mes chevilles me brûlent. Je ne sens plus mes mains, ou plutôt si, je les sens, elles sont glacées. Je voudrais bouger, mais d'énormes courbatures m'en empêchent. Je suis tétanisée. Frigorifiée. On dirait que de l'humidité a traversé mes vêtements. Mes fesses sont gelées, mon corps entier engourdi et aussi mou qu'un pain perdu trempé trop longtemps dans le lait sucré. Le carrelage de la cuisine est vraiment froid. Qu'est-ce que je fous par terre, dans l'obscurité ? Et cette odeur de moisi et de métal, d'où est-ce qu'elle vient ? Je ne reconnais plus ma cuisine. Mais alors plus du tout. Un frisson glacé traverse ma nuque : je ne suis pas dans ma cuisine, je ne suis pas chez moi, il faut bien que je me rende à l'évidence. Je crois distinguer des contours, des formes floues, fantomatiques. Je plisse mes yeux : en fait, rien. Le noir absolu. On doit être en pleine nuit. Ou dans une cave. Ou ailleurs. Je ne sais pas.

Essayons d'être pragmatique.

Depuis combien de temps suis-je ici ? Impossible à dire. Si je ne rentre pas à temps, les enfants vont manger n'importe quoi. Ils ont déjà décongelé une chorizo-pepperoni mercredi soir, sans compter celle que je nous avais commandée. Ça commence comme ça, et après on ne sait pas comment ça peut finir. La pizza, pas plus d'une fois par semaine. Et s'ils ont un mot à signer ? Est-ce qu'ils vont s'inquiéter ? Je flippe. Peut-être qu'ils trouvent ça cool que je ne sois pas là. Forcément, ils trouvent ça cool. Même si j'ai d'excellentes raisons de passer mon temps à leur crier dessus, c'est un fait : je passe mon temps à les engueuler. Je le sais, qu'il faudrait que je sois plus zen, plus coulante, mais c'est plus fort que moi, si je râle pas, c'est que je suis en train de dormir. Range ta chambre par-ci, Rince la douche par-là, sans compter les Lâche un peu ton portable, C'est quoi ce six en maths, C'est qui cette nouvelle copine, Tu vas pas mettre ça, C'est pas possible d'écouter une musique pareille, et tout ça sur un ton plaintif, suivi d'un Y'en a marre, quand ce n'est pas un Faites chier, bordel, qui m'échappe. Donc oui, les enfants sont ravis que je ne sois pas là et ne se demandent pas une seule seconde si je vais rentrer bientôt. Ils sont peut-être même chez leur père et n'ont absolument pas conscience de la chance qu'ils pourraient avoir avec la maison pour eux tous seuls.

Je peux crever dans l'indifférence la plus totale, en définitive.

Une boule grossit dans ma gorge. Elle grossit, grossit. Mes yeux me piquent, puis les larmes qui coulent le long de mes joues, passent sous mon menton et viennent me chatouiller le cou. Mon thorax est parcouru de spasmes. Un hurlement sort de mes entrailles et déchire le silence, puis rebondit sur les parois de ma prison. Elle a l'air grande, ma prison. Je rassemble mes genoux entre mes bras, je me recroqueville et me laisse rouler sur le sol. Je reste en position fœtale en pleurant.

— Bouououououh…

Pas très reluisant, de faire bouououououh, un gémissement plaintif et douloureux serait plus approprié. Mais je n'y peux rien, c'est un bouououououh pitoyable qui s'échappe de ma bouche. De la morve dégouline de mes narines, mais je n'ai évidemment pas de mouchoir à disposition. Ça m'énerve. J'essuie mon nez sur ma manche. C'est dégueulasse, mais c'est mieux que de la laisser couler dans ma bouche. Je crie encore.

— Aaaah ! Hé ho !

Le silence retombe.

Il ne se passe rien. Rien de rien. Les minutes sont longues, ou peut-être pas. Le temps est finalement une donnée étrange et impalpable.

Ça couine. Je suis sûre d'avoir entendu un couinement. Putain ! Des rats !

Ça re-couine. Non, pas des rats. En fait, je ne sais pas le cri que ça fait, un rat. Ça pourrait aussi bien être des souris. Non, plus gros. Plus… humain ? Putain, un singe ! Je suis dans un zoo ?

— Mmmmhhh…

Merde ! On dirait quelqu'un !

Je ne suis pas seule ! Le bruit est ténu, très faible, mais il est là. Mes épaules se détendent. L'euphorie succède à la panique. On va s'en sortir, je ne suis pas seule.

Je suis bête. C'est évident, que je ne suis pas seule à m'être fait enfermer. Le Chauve est un colosse. Ça a dû être facile pour lui de nous maîtriser toutes les deux. J'aurais dû y penser. Qu'est-ce qu'on a été idiotes d'essayer de l'empêcher de nuire toutes les deux, sans aide extérieure. J'appelle :

— Joanna !

Je souris. Elle va trouver une solution. Je me traîne vers le couinement. Je m'en rapproche. Je sens sa chaleur. Je peux la toucher. Je reprends espoir. Elle a beau avoir des idées arrêtées et un comportement limite limite, Joanna est détective — ou un truc dans le genre — et elle va nous sortir de là.

— Joanna ! C'est moi ! C'est Muriel ! Réveille-toi ! Il faut qu'on s'échappe ! On est enfermées ! Le Chauve nous a eues ! Allez ! Réveille-toi !

2

Tout a commencé trois jours plus tôt.

J'avais composté mon ticket, je m'étais tapé la hanche sur la barre du tourniquet, et j'étais pas sur le quai du métro Charpennes depuis plus de trois secondes que j'ai levé les yeux sur l'écran annonçant le temps d'attente avant la prochaine rame. Au lieu des cinq minutes réglementaires à cette heure-là, un message rouge s'affichait : Perturbations sur la ligne.

« La chiotte... » j'ai dit, mais pas trop fort.

Les haut-parleurs se sont mis à grincer, une voix d'homme a détruit mes tympans : « Suite à problème technique, arrêt d'exploitation pendant trois minutes, trois minutes. ».

« C'est bon, trois minutes, je suis large. »

Une femme excédée s'est levée de son siège, je me suis dépêchée d'aller prendre sa place. J'ai essayé de faire abstraction de la sensation mitigée qu'a provoqué en moi la chaleur du fauteuil. J'ai ouvert ma besace et je m'en suis voulue de ne pas avoir acheté l'éclaireur de sac à main vanté par une bimbo en carton chez le marchand de journaux. J'ai retourné portefeuille, bonnet, portable, gants, parapluie pliable, paquet de mouchoirs, chocos périmés, sac plastique, « Tiens, la liste de courses... », tournevis, échantillon de la peinture du salon au cas où je passe devant un magasin de déco pour choisir les rideaux, brosse à cheveux, objets indéterminés, j'ai tout retourné dans l'autre sens et j'ai fini par mettre la main sur ma pochette de secours : un petit porte-monnaie triangulaire Disney avec stick à lèvres, coupe-ongles, tampon hygiénique, pansement anti-ampoules... Au moment où je saisissais le miroir de poche, un larsen aigu m'a fait sursauter. Le tampon s'est échappé, a roulé sur le quai et s'est échoué contre un mocassin à glands marron pendant que la voix destructrice de tympans a repris : « Suite à problème technique, arrêt d'exploitation pendant cinq minutes, cinq minutes ». Mes joues ont commencé à chauffer. J'ai regardé ma montre.

« J'ai encore de la marge. J'ai bien fait d'être prévoyante. »

— Je crois que vous avez fait tomber ça...

Je n'ai pas osé lever les yeux, seulement bafouillé un vague merci aux mocassins à glands, rougi, pris le tampon et je l'ai rangé dans la pochette. J'ai mis le miroir devant moi et j'ai vérifié mon maquillage. D'habitude, j'ai tendance à bâcler, mais ce jour-là j'avais fait les choses bien. Sauf que dans le miroir, ça ne se voyait pas vraiment. La crème teintée était trop transparente, l'anticernes faisait ressortir les poches sous mes yeux, le blush sur mes joues était mal étalé et me donnait un air de randonneuse essoufflée. Je me suis demandé comment font ces filles de vingt ans aux traits d'eye-liner parfaitement symétriques :

j'ai le double d'expérience en maquillage et je déborde toujours d'un côté ou de l'autre. Mes aisselles ont commencé à me picoter. Les transports en commun lyonnais n'évoluent pas dans le même espace-temps que moi. Un quart d'heure que j'avais composté mon ticket, si l'arrêt durait encore longtemps j'allais être en retard à l'entretien.

J'avais appris l'annonce par cœur, au cas où je perde le papier. D'ailleurs, il était resté sur la table de la cuisine. Pas d'inquiétude, je savais très bien que je devais me rendre à dix heures au 3, place Bellecour.

Le larsen du haut-parleur m'a fait hérisser les poils : « Reprise d'exploitation immédiate, reprise d'exploitation immédiate ». Je me suis demandé pourquoi cet homme répétait toujours sa phrase deux fois, avant d'écarquiller les yeux face à la rame qui arrivait enfin. Les passagers étaient plaqués contre les vitres, leurs membres enchevêtrés, leurs visages cramoisis et luisants. J'en ai laissé sortir trois, j'ai hésité une seconde, tant pis, je me suis littéralement enfoncée dans le magma humain, j'ai poussé, j'ai forcé, je me suis insérée devant l'œil réprobateur d'une sexagénaire en veste à carreaux.

— J'ai un entretien d'embauche, bordel !

À la station Bellecour, la rame a catapulté des costumes froissés, des dos trempés, des coiffures déstructurées et des effluves improbables. Je me demande d'où vient cet étrange phénomène qui fait que, pour neuf personnes qui se sont lavées et parfumées il y a maximum trois heures, c'est toujours l'odeur de la dixième qui dépasse les autres. Après dix marches d'escalier, mon souffle s'est accéléré. J'ai eu un doute. Est-ce que j'avais vraiment pensé à mettre du déo... ça venait pas de moi cette odeur, quand même ?

J'en étais à ces considérations pratiques, pas si futiles que ça pour quelqu'un qui va passer un entretien d'embauche, lorsqu'une rafale de vent du sud m'a envoyé un paquet de feuilles mortes dans les cheveux. Je comptais sur le sex-appeal de ma longue tignasse auburn ondulée, faussement négligée, pour séduire mon futur employeur. Il y avait désormais peu de chances qu'il flanche pour le style néanderthalien de mes filasses châtain grisonnant parsemées de végétaux foulés par... je ne veux pas savoir.

J'ai pressé le pas. Mon entretien avait lieu au numéro 3, et la bouche de métro était située de l'autre côté de la place Bellecour. Mes pieds crissaient sur le sable rouge, à une cadence régulière, et les battements de mon cœur continuaient à s'accélérer avec l'imminence du rendez-vous. Je me suis arrêtée face à une vitrine. « Potable, j'ai pensé en enlevant les feuilles accrochées à mes cheveux. Il faudrait que je me rachète des fringues. Merde, j'ai oublié de repasser la jambe gauche de mon futal... Oh c'est bon, ça se voit presque pas... Et des chaussures aussi, mais qu'est-ce que je suis bien dans celles-là... Tiens, mon ourlet s'est décousu... Oah, c'est bon, ça va passer... L'important, c'est mes compétences... »

Quelques minutes plus tard, je suis arrivée au numéro trois. Devant moi se dressaient une grille de métal noir entrouverte et la vitrine d'un magasin d'instruments de musique. Du ukulélé au tambourin en passant par la flûte traversière, il y avait un peu de tout et je me suis dit que ça serait une chouette idée que les enfants apprennent à jouer d'un instrument. J'avais rendez-vous pour un poste d'aide administrative dans l'immobilier, mais je n'en savais pas vraiment plus, juste que je devrais travailler en binôme. Il n'y avait personne à la maison, impossible de m'assurer que j'avais la bonne adresse. J'ai regardé autour de moi. Le vent s'est mis à souffler de plus belle et la température a commencé à baisser. À gauche du magasin de musique, j'ai avisé une porte cochère bleu lavande.

Alors que j'allais entrer, une jeune femme a franchi la porte cochère en courant, s'est arrêtée sur le trottoir et a regardé vers la Saône. Elle me tournait le dos. « Pétard, je me suis dit, si je pouvais être gaulée comme elle, ça fait longtemps que j'aurais remplacé Gérald par un mec canon au lieu de fantasmer sur internet… ». Un mètre quatre-vingt, ses immenses jambes galbées étaient allongées par une paire d'escarpins vernis à semelle rouge, ses fesses rebondies et sa taille archifine étaient mises en valeur par une cambrure vertigineuse et une robe moulante noire fendue jusqu'en haut de sa cuisse qui devait valoir au moins un SMIC, des boucles rousses coulaient le long de son dos. Lorsqu'elle s'est retournée, j'ai eu le hoquet. Son décolleté aussi large que plongeant laissait plus que deviner des seins pointus comme prêts à sauter sur leur proie. Pour couronner cette bombe en puissance d'à peine plus de vingt ans, un teint de porcelaine parsemé de taches de rousseur, une bouche charnue et de grands yeux bleu foncé qui me toisaient.

— Pas trop tôt ! Pas de temps pour les présentations en bonne et due forme... C'est vous qui venez me filer un coup de main, je présume ? Vous auriez pu mettre une photo plus récente, sur votre CV.

— Euh enfin je ne sais pas, oui, sûrement, on m'a dit pour le binôme, mais je ne...

— Moi c'est Joanna.

Elle m'a tendu la main.

— Muriel, j'ai répondu en hésitant.

— Oui, Muriel... Je vous ferai le topo dans la voiture, mais il faut se dépêcher, j'ai une info, il est chez lui, on peut le coincer. Suivez-moi !

Elle s'est dirigée vers une Clio blanche garée à moitié sur le trottoir, à moitié en double file et a pris la place du conducteur. Je l'ai suivie, je suis montée dans la voiture et à peine avais-je refermé la portière que j'ai été projetée contre l'appuie-tête dans un crissement de pneus.

— Bon, voilà le topo. C'est pas compliqué. Filature tout ce qu'il y a de plus classique. Donc là, on va filer le Chauve. Il me glisse entre les doigts depuis des semaines. Ah oui, en fait, celui qu'on appelle le Chauve, c'est Hervé Lanœuf. Malversations, corruption, je pense qu'il est impliqué dans du trafic de drogue ou je ne sais pas encore trop quoi. Mais il y a toujours une huile pour lui sauver la mise. Il les tient tous par les couilles, du coup il est intouchable. Sauf que là, il vient de sortir de chez lui à pied. On va l'avoir.

— Euh... vous avez dû vous tromper, je ne suis pas...

— Je sais que ce n'est pas à nous de faire ça ! Mais si personne ne s'en occupe, cette ordure continuera son expansion. On ne peut pas le laisser organiser ses magouilles totalement illégales.

Elle a donné un coup de volant brusque, je me suis agrippée à la poignée.

— Vous n'avez pas compris, je crois. En fait, je suis là pour l'immobilier, je ne...

— Oui, je sais ! Son projet à ce mec c'est d'ouvrir un centre commercial énorme. L'immobilier, on est en plein dedans.

— Mais c'est pas illégal d'ouvrir un centre commercial ! Et puisque je vous dis que je suis là pour...

— Sauf qu'il voudrait le mettre à la place du musée des Confluences, cet enfoiré ! Au revoir le squelette de mammouth, bonjour la consommation de masse ! Sous prétexte que la fréquentation du musée baisse, il veut remplacer notre patrimoine par des magasins qui vendront des saletés fabriquées en Chine. Et il va se débrouiller pour que les travaux lui coûtent le moins cher possible. Et ça, ça signifie qu'il ne respectera aucune norme de sécurité. Et les politiques fermeront les yeux, parce qu'il a des dossiers gros comme ça sur chacun d'eux. Ça me rend malade !

Je n'ai rien trouvé à lui répondre.

Alors que Joanna se faufilait entre les camionnettes de livraison, les pensées se bousculaient dans ma tête. « C'est marrant... je sais pas trop ce qu'elle est cette Joanna... gendarmette ? Inspectrice ? détective privée ? En tout cas, c'est bien plus sexy qu'aide administrative... et puis c'est pas faute d'avoir essayé de lui dire qu'elle s'est trompée... je crois bien que je vais continuer encore un peu... pour voir comment c'est, une arrestation. J'aurai qu'à lui dire juste après... Meeeeerde, et mon entretien ? Je lui demanderai de me faire un mot. Un mot d'excuse. Bonne idée, ça, un mot d'excuse... ».

J'ai coupé mon téléphone.

3

Joanna conduisait super vite et je commençais à me sentir brassée. Mine de rien, mon petit déjeuner remontait à plusieurs heures et quand j'ai le ventre vide en voiture, je suis écœurée. Surtout s'il y a des virages.
— Est-ce que vous pouvez rouler plus doucement ? J'ai mal au cœur...
Elle a haussé le regard, l'air de dire « Quel boulet ». Je lis parfois dans les pensées des gens. Et là, je mettrais ma main à couper qu'elle s'est dit que j'étais pas la bonne personne. Mais non. Je crois qu'elle s'était toujours pas rendu compte de sa méprise. Parce qu'elle a ralenti.
— De toute façon, on approche de son domicile et il vaut mieux se faire discrètes maintenant.
— Merci, c'est très gentil à vous. On fait quoi maintenant ?
Elle a levé les yeux en l'air :
— J'oublie déjà que tu es novice. On va se garer devant chez lui et on va attendre qu'il revienne. Il a dû aller faire une course. S'acheter des clopes. Et pas de manières s'il te plaît, on se tutoie.
— Et quand il revient, on fait quoi ?
— Là, tu me laisses faire, surtout tu n'interviens pas. Le mieux c'est que tu restes dans la voiture.

Tu prendras le volant. Si on doit partir en catastrophe, je sauterai sur le siège et tu démarreras aussi sec. Compris ?
— Compris !

Elle a mis son clignotant et a fait un créneau absolument magnifique malgré le peu de place.
— Voilà, c'est ici. J'ai jamais été aussi près de l'atteindre, je suis toute chose...
On avait atterri dans une petite ruelle du quartier de Montchat. Résidentiel, quelques immeubles bas et de belles maisons bourgeoises. Au 33, les volets étaient fermés. La façade rose pâle avait des nuances ocre, genre provençal. Le portail fraîchement repeint du même vert sapin que les volets était haut, plein, hérissé de fleurs de lys pointues. Une glycine dépassait côté rue, ses feuilles avaient commencé à tomber, mais elle donnait à l'ensemble du charme et de la classe. Elle dissimulait aussi deux petites caméras. On devinait les cimes d'un cèdre, d'un platane et d'autres arbres qui avaient perdu leurs feuilles (déjà pas mal que j'aie reconnu un cèdre et un platane, suis pas botaniste, moi). C'est surtout pour dire que ce qu'on voyait, c'était la partie immergée de l'iceberg (ou un truc comme ça) : pas besoin d'être agent immobilier pour savoir qu'il y avait un max de terrain là derrière. Le Chauve ne faisait pas dans l'ostentatoire, mais on s'apercevait facilement qu'il y en avait sur le compte en banque. Mon cœur s'est mis à battre un peu plus vite. Je sentais qu'il y allait avoir de l'action. C'était incroyable, ce qui m'arrivait.

— Tu n'as qu'à prendre le volant maintenant, on sera prêtes à décoller au cas où.

Elle a déplié ses jambes interminables hors de la voiture. J'ai fait de même. Bon, OK. Le rendu était différent. Il faisait franchement pas chaud. Elle s'est étirée en bâillant. Ça a fait remonter la fente de sa robe, et j'ai vu un porte-jarretelles en dentelle dépasser. Je croyais que les porte-jarretelles, personne n'en mettait. Qu'on ne trouvait ça que dans des bouquins, des films ou des séries faites par de gros machos qui fantasment sur une espèce d'idéal féminin qui ne correspond à rien dans la vraie vie. Parce que moi, quand je porte une jupe, je mets des collants, c'est quand même bien plus pratique. J'hésite toujours entre le modèle ventre plat et le modèle confort, l'un ayant l'effet inverse de l'autre. J'achète le premier, mais j'avoue que je ne mets que le second. Surtout que je continue à prendre la taille deux, alors que sur le schéma au dos de la boîte, vu mon poids et ma taille, je devrais prendre la taille trois. Mais je n'arrive pas à m'y faire. C'est psychologique.

— Tu vois la camionnette bleue « Gentil et cie », de l'autre côté de la rue ?
— Oui...

J'ai tout de suite paniqué :
— Oh putain ! Il y a un mec dedans ! Il a ouvert sa fenêtre ! Il nous regarde ! On fait quoi là ? On fait quoi ?

Elle a éclaté de rire. Un rire cristallin, léger, qui faisait se balancer ses boucles rousses et bouger les pointes de ses seins sous sa robe.

— Mais calme-toi ! C'est pas du tout ce que tu crois ! Il m'a repérée, je l'ai repéré, on cherche la même chose, c'est évident.

Elle m'a lancé les clés de la voiture, elle a tourné les talons et s'est dirigée vers la camionnette. Elle a échangé trois mots avec le mec, s'est retournée vers moi en dépliant sa main et en articulant « Cinq minutes ». Elle est montée à l'arrière de la voiture, le mec est descendu et il est monté juste après elle puis il a refermé la portière. J'étais scotchée. Je ne pouvais pas décoller mes yeux de la camionnette. Et puis je me suis reprise, si ça se trouve ils pouvaient me voir. Je suis remontée dans la Clio. Je ne savais pas trop quoi faire. Alors je me suis forcée à regarder un point fixe. Le portail du Chauve. Ça m'a même fait loucher. Mais il n'y avait rien à faire, une minute plus tard mes yeux étaient inexorablement déviés vers la camionnette bleue « Gentil et cie ». Elle a commencé à avoir un mouvement de balancier de gauche à droite. C'était hyper gênant. J'ai mis l'autoradio en marche et je me suis concentrée sur la musique. La chanson disait « Boum boum boum », et mes yeux étaient de nouveau irrésistiblement attirés par la camionnette qui bougeait maintenant de haut en bas, et de plus en plus vite. Oh la la, et en plus la musique s'accélérait, comme si elle suivait le mouvement de la camionnette. Ça faisait déjà au moins dix minutes que Joanna était montée là-dedans.

C'est là que je l'ai vu. Une armoire à glace. Je parie qu'il faisait quasiment deux mètres, peut-être même plus. Une chemise hawaïenne multicolore à dominante rose et vert anis, juste un pull kaki posé sur ses épaules larges aussi larges que la Clio, je n'exagère pas, ou à peine. Un pantalon en velours vert bouteille et des mocassins en nubuck assortis. Bizarrement, l'ensemble vestimentaire était harmonieux, vraiment. Ses jambes étaient courtes et arquées, son bassin un peu trop en avant, ce qui donnait à sa démarche nonchalante un air de personnage de bande dessinée. De loin, je ne pouvais pas voir son visage. Mais j'ai su que c'était lui à son crâne en pointe, parfaitement et désespérément lisse et brillant. J'étais tétanisée. L'homme le plus dangereux du monde, ou presque, était devant moi. Je n'avais jamais vu de méchant, à part à la télé. J'ai commencé à flipper. Un méchant, ça ne se repère pas du premier coup. C'est là que le piège peut se refermer sur vous. Vous avez l'impression d'avoir un bon vieux gros nounours et clac ! Sauf qu'après quelques secondes, je me suis bien rendu compte qu'il n'était pas bien net. Un truc impalpable, mais bien présent. Un sourire en coin quand il est passé à côté de la camionnette. Je me suis enfoncée dans le siège, j'ai fait semblant de pianoter sur mon portable pour ne pas attirer l'attention. Ma respiration a pris un tempo saccadé, j'avais l'impression de ne plus rien maîtriser. Je regardais mes mains tapoter sur mon téléphone parfaitement inerte. Elles sont devenues moites et glissantes, et en même temps je frissonnais. J'ai pris une profonde inspiration et j'ai relevé la tête juste à temps pour le voir entrer au numéro 33. De nouveau, la rue était déserte. La camionnette bleue bougeait encore. Cinq minutes, tu parles ! Puis le portail vert s'est ouvert et une voiture de sport rouge, je ne saurais dire laquelle, je dirais soit une Fuego soit une Ferrari, a démarré très lentement. Évidemment, c'était le Chauve à l'intérieur. Je me suis mordu la lèvre inférieure. On venait de le perdre.

4

— Oh la la, ça craint du boudin, me suis-je lancé à moi-même une fois de retour chez moi... Elle ne m'avait pas non plus laissé le temps de m'expliquer, elle me coupait sans arrêt la parole. C'est quand elle m'a dit « Je passe te prendre à huit heures demain matin » que j'ai commencé à me dire que j'avais mis les deux pieds dedans et que j'allais avoir du mal à faire machine arrière. C'était pas juste les deux pieds, j'y étais jusqu'au cou. Oui, mais en toute honnêteté, c'était carrément irrésistible. J'avais l'impression d'avoir été transportée dans une série ou dans un film, avec des gens qui vivent des choses intenses, incroyables, tout le temps. Et ça, c'était franchement jouissif.

Bon, par contre, dès que j'ai ouvert la porte de la maison, j'ai redescendu plusieurs étages d'un coup. Je me suis même demandée si je ne venais pas de rêver. Première vision, les affaires de foot de Lili-Parme au milieu de l'entrée, pleines de boue et trempées. Non, en fait, la première grosse claque, elle a été olfactive. Un mélange de transpiration, de pieds qui puent et de crêpes cramées. Un classique pour qui vit avec des ados, certes, mais je ne m'y ferai jamais. Dès leur naissance, les enfants, ça vous flanque des gifles malodorantes.

On croit que passé les premières années, entre la couche remplie à ras bord et les régurgitations, on a fait le plus dur. Que nenni ! Il y a toutes les fois où ils sont malades, déjà, c'est fou ce que le virus de la gastro arrive à se propager à la vitesse de l'éclair... Et puis ces chieurs, t'as beau leur acheter des jolies chaussures en cuir que t'as payé une blinde parce que sinon tu culpabilises que les autres, les pas cher, elles pourraient leur déformer les pieds et ils t'en voudraient à mort le restant de leur vie parce qu'ils se retrouveront avec les pieds plats, les genoux en dedans, tout ça, mais non ! Ils ne mettent que leurs baskets de sport. Tout le temps. Même quand ils n'ont pas sport ! Sans laisser respirer la basket plus de douze heures. Sans faire gaffe que les chaussettes, on ne remet pas les mêmes d'un jour sur l'autre. Ça pue des pieds très tôt. Trop tôt. Et après, ça devient ado. Alors bon, ça fait du sport, c'est sain, c'est bien, l'esprit sportif, ça se dépense, on devrait s'en réjouir. Sauf que là, ça commence à transpirer. Certes, ça va se laver après le sport, ça passe d'ailleurs des heures sous la douche et devant la glace. Mais ses affaires de sport, ça les laisse plusieurs heures dans le sac. Mouillées, bien sûr. Puis quand ça y pense, ça les met en boule à côté du lave-linge (les rares fois où ça prend des initiatives), mais le plus souvent ça les entasse là où ça se trouve au moment où ça y pense : la chambre, l'entrée, le salon. Et là, ça macère, bien sûr. Parce que non, je ne suis pas là tout le temps pour passer derrière tout le monde, mon mec non plus, d'autant plus que mon mec s'est barré il y a bientôt un an, alors ça macère, ça mycorhize sur le tapis du salon. Ça pue.

Ça prend aussi des initiatives culinaires. Ça se met à faire de la pâtisserie. Ça prépare de la pâte à crêpes. Ça mélange les œufs qui restaient (et que j'avais prévu de faire en omelette le soir et du coup je me retrouve à devoir retourner acheter autre chose à manger), le lait qui commençait à tourner dans le frigo, et ce qui reste de farine après qu'ils ont pris le paquet à l'envers, puis « nettoyé » leur méfait avec une éponge mouillée, formant une fine pellicule de type ciment sur le sol de la cuisine. Ça met la moitié de la plaquette de beurre dans la poêle, ça verse la mixture plâtreuse dans le beurre déjà noir. Et indubitablement, à ce moment-là, ça répond au téléphone ou ça trouve un truc hyper important à faire pendant plus de cinq minutes.

D'où la claque olfactive sueur – pieds pourris – crêpe carbonisée. Surtout après Joanna et son parfum haute couture (j'aimerais dire mélange subtilement sucré de senteurs florales ou quelque chose dans le genre, mais j'y connais franchement rien). Je suis sûre qu'elle le fait composer sur mesure. Le chic qui saute instantanément au nez. Jamais senti avant.

— Mamaaan ! J'ai fait des crêpes, mais en fait elles sont cramées. On peut commander des pizzas ?

Au point où j'en étais, la diététique, c'était plus vraiment un sujet.

J'ai pas répondu. Je suis allée direct sur l'ordi pour lire mes e-mails. Oui, je sais, j'ai toujours pas réussi à synchroniser mon compte Yahoo avec mon téléphone. Il faut que je demande à Lili-Parme, mais j'oublie tout le temps. Je me suis assise sur mon fauteuil en skaï bordeaux qui grince, j'ai attendu que l'ordi veuille bien se mettre en route — c'est fou ce qu'il est lent — et j'ai double-cliqué sur la petite icône violette.

Oh putain ! Le cabinet de recrutement ! J'ai sorti mon téléphone de ma besace. Je l'ai vite rallumé. Quatre messages. Du jamais vu. Je les ai écoutés, mais je savais bien de quoi il retournait. La bonne femme était polie dans le premier, inquiète dans le deuxième, furieuse dans le troisième. Dans le quatrième, elle beuglait comme une truie que c'était inadmissible, que si elle avait su elle aurait envoyé quelqu'un d'autre, que je n'étais pas fiable, de ne pas compter sur elle pour me trouver un emploi, bref, d'aller me faire voir chez les Grecs. L'e-mail résumait assez bien son quatrième message, en des termes plus travaillés. Je me suis dit que je n'avais plus besoin d'un mot d'excuse de la part de Joanna, j'étais grillée dans ce cabinet.

C'est là que l'idée a commencé à s'insinuer dans les méandres de mon cortex. Et si je continuais ? Et si je ne disais rien à Joanna ? Juste pour voir. Tout de suite, j'ai pensé « Tu débloques, ma pauvre fille, ce Chauve c'est loin d'être un enfant de chœur a priori, alors tu oublies ». OK, j'oublie, me suis-je entendue me répondre à moi-même en composant le numéro de Presto Pizza.

5

Créneau au millimètre. Joanna déplia ses jambes, claqua la portière et se dirigea vers l'entrée de son immeuble à la poignée en laiton dûment astiquée quotidiennement par le gardien.

« Affligeante de banalité, cette Muriel. J'aurais espéré plus de grandeur, du panache, un minimum de classe. Au lieu de ça, une gourde mal fagotée, pas fichue de prendre la moindre initiative. Pavillon de banlieue beigeasse, clôture en PVC jauni, pelouse jaune pisse, quartier idem... ferait mieux de venir habiter en centre-ville. Je n'ose même pas imaginer sa déco. Ça me fait pas de mal de voir ça de temps en temps. Je ne suis pas à plaindre, tout compte fait. Je comprends mieux son look... son non-look, en fait. Choisit ses fringues parmi les invendus dans les centres commerciaux. Pourtant pas compliqué de ressembler à quelque chose. Penser à l'emmener rue Emile Zola pour un relooking en bonne et due forme dans des boutiques dignes de ce nom... Impensable, un non-style pareil. Quelle déception, mon dieu, mais quelle déception ! Ai-je vraiment bien fait de la prendre ? Elle m'encombre plus qu'autre chose. Allez, indulgence, Joanna, un peu d'indulgence. Pour un premier jour, ça aurait pu être pire.

Sauf que le premier jour, on est censé donner le meilleur... qu'est-ce que ça va être demain ? Si on n'a qu'une occasion de faire une bonne première impression, elle l'a loupée. Demain... Qu'est-ce qui m'a pris de lui dire que je passais la chercher ? Laisse-lui sa chance. Le mec de la camionnette était vraiment bien monté. Penser à appeler le psychanalyste pour commencer la thérapie, c'est étrange cette addiction. Mince, ma veste en chintz est chez le dégraisseur... Qu'est-ce que je mets demain ? Demain, on planque où, déjà... le parking. Confort, alors. Allez, je vais me mettre au diapason de ma nouvelle coéquipière. Jean, tee-shirt, ça faisait longtemps. Mouais. Tee-shirt un peu décolleté, quand même, va pour le Guess... laisse tomber le jeans, pas possible, ça. Jupe toute simple, ça ira, on ne bouge pas moins bien en jupe, ce n'est pas vrai. Et si je fais une rencontre intéressante, la jupe, c'est indéniablement plus pratique... Zut, plus de quinoa... tofu périmé, mince... j'avais acheté une quiche, moi ? C'est bon, elle est végane. Une petite entorse, c'est pas souvent, en plus c'est du bio... mais où est ce satané tire-bouchon ? Demain, je lui dis pour le Chauve. Est-ce qu'elle va me suivre ? Pas gagné... »

La jeune femme porta le verre à dégustation à ses lèvres et absorba le liquide grenat en fermant les yeux. Elle étendit ses jambes sur le cuir noir de son canapé au design cubiste et au confort virtuel. Elle soupira.

Une demi-heure plus tard, la bouteille de Côtes-du-rhône élevé en biodynamie était vide.

Joanna murmura :
— Que Muriel me suive ou pas, tu vas payer...

6

Si mon Gérald avait été là — Gérald, c'est mon ex-mari — je me serais blottie contre lui sous la couette. J'aurais d'abord mis ma tête sur son torse velu, passé ma main dans son pelage, comme si c'était un doudou. Ça m'aurait apaisée. Parce que des journées comme ça, c'est pas tous les jours que ça m'arrive. En fait, ça m'était bien évidemment jamais arrivé, ni de près ni de loin. Alors j'ai essayé de me remémorer mon cours de yoga. Quand je dis cours de yoga, je préfère préciser : le cours d'essai gratuit. En septembre l'année dernière, « Le Tigre Zen » faisait en sorte de rameuter un maximum d'inscriptions. Un éclair de bonne résolution, un soupçon de curiosité, et j'avais eu envie de découvrir ce qui pouvait bien attirer toutes les filles dans le coup... mais c'est surtout les mots « gratuit » et « sans engagement » qui m'avaient décidée. Pendant cette heure interminable, j'ai appris la position du blaireau étonné ou un truc dans le genre, et aussi à respirer lentement la bouche fermée. Non, ce n'est pas une blague, il y a effectivement des gens qui paient pour respirer la bouche fermée en groupe. J'ai détendu mes bras et mes jambes, desserré la mâchoire, vérifié que ma langue ne touchait pas mon palais. J'ai laissé rentrer plein d'air dans mes poumons, lentement. J'ai gonflé mon ventre. Je pense que je suis devenue toute rouge, alors j'ai soufflé bien fort par le nez en gardant la bouche bien fermée et j'ai recommencé. Je soupçonne que la prof de yoga avait dû nous donner deux ou trois autres instructions que j'ai zappées. C'est sûr. Parce que là, j'étais au bord de l'apoplexie. Je ne suis pas certaine que je ressemblais à un blaireau étonné, mais j'avais toujours les yeux grands ouverts.

Après, je me suis mise dans la position de l'étoile de mer : j'essaie d'atteindre les quatre coins du matelas avec mes pieds et mes mains. Sensation de toute-puissance. J'avais le lit pour moi toute seule, les coins étaient plus frais que le milieu, j'avais le sentiment d'être immense. Mais j'étais toujours comme une andouille à fixer le plafond pendant que les aiguilles du réveil tournaient inexorablement.

Un quart d'heure plus tard, optimiste, je versais de l'eau bouillante sur un sachet de Nuit paisible.

J'ai cherché un papier pour écrire. J'ai pris le verso de la facture d'électricité, le stylo de la fête des Mères d'il y a quelques années orné d'une marguerite rose et jaune en pâte Fimo, et j'ai tracé un trait au centre de la feuille. À gauche les pour, à droite les contre. À gauche, j'ai mis :
- adrénaline
- étoffer mon CV
- conseils mode de Joanna
- pas de boulot de toute façon
- faire un truc utile
- y'a moyen de rebooster mon sex-appeal.

À droite, j'ai écrit :
- danger
- travail au black,
puis j'ai rayé au black et j'ai remplacé par :
- manifestement non rémunéré,
et j'ai rajouté :
- t'as plus l'âge pour ces conneries.

J'ai trouvé les pour beaucoup plus convaincants que les contre.

J'ai trempé les lèvres dans ma Nuit paisible. Elle était encore fumante, ça m'a presque brûlé la gorge.

Je n'avais éclairé que la lumière de la hotte — il paraît que la pénombre favorise l'endormissement — et la cuisine était baignée dans un halo fantomatique et mystérieux. Comme dans les films avant qu'il se passe un truc grave. J'entendais presque la musique inquiétante. Les poils de mes bras se sont hérissés. Pas ceux des jambes, j'étais épilée. Je me suis dit que ma vie prenait un tournant plutôt intéressant et qu'une occasion semblable avait à peu près zéro chance de se reproduire. J'ai bu ma tisane d'une traite, j'ai roulé le papier en boule et je l'ai jeté dans la poubelle du tri. Une petite voix aurait pu me dire « Halte-là, malheureuse, c'est la facture d'eau et en plus tu ne l'as pas encore payée ». Mais personne ne m'a rien dit et je suis retournée dans ma chambre le cœur léger après avoir mis ma tasse au lave-vaisselle, donné un coup de microfibre sur l'évier, éteint la hotte et fait un tour aux toilettes histoire d'anticiper l'envie pressante qui allait finir par me réveiller si toutefois je parvenais à m'endormir.

7

— Monsieur Firmin, pas encore ? Vous savez bien que c'est interdit de fumer dans la montée d'escalier, c'est pas comme si c'était nouveau !

— C'est bon, il y a l'aération, et pouis je fais que passer.

— Vous savez que ça sent encore une heure après votre passage ? Je sais pas ce que vous mettez dans vos cigarettes, mais je ne supporte plus l'odeur. Et puis les enfants vous voient, vous ne leur donnez pas le bon exemple, vous devriez avoir honte ! Je vais finir par le signaler au propriétaire, méfiez-vous ! Qu'est-ce que vous dites de ça, Monsieur Firmin, hein, si j'en parle au propriétaire ?

L'octogénaire rajusta son béret, tira une bouffée sur son joint et marmonna :

— Que te den por culo, bruja...

— Qu'est-ce que vous dites ?

— J'ai peur que ça vous fasse mal aux oreilles, Madame Cardo.

— Mais je peux tout entendre, Monsieur Firmin, je peux tout entendre, allez-y !

— Si vous insistez... Je vous suggère d'aller vous faire encouler par la bande du skate park d'à côté. Ils sont jeunes et fougueux, ils ont de la ressource, ça vous décoincerait et ça me ferait de l'animation.

Elle écarquilla les yeux puis ouvrit la bouche, mais aucun son n'en sortit. Attrapa son cabas et monta les escaliers en courant.

Le claquement de la porte résonna dans la montée d'escalier. Le fumeur impénitent continua sa descente à petits pas, poussa la porte cochère et prit à droite. Sa veste de costume noire, portée quotidiennement et soigneusement entretenue, était encore parfaitement ajustée malgré ses quarante années de bons et loyaux services. Le nœud de cravate était serré comme il se doit, autour du col de sa chemise blanche qui commençait à s'user au frottement de sa barbe, bien qu'il la rasât tous les jours. Après la ceinture, on passait à une autre dimension. Il préférait les jeans avec de l'élasthane, confortable, modèle slim adapté à sa corpulence sans l'étouffer. Aux pieds, il portait jadis des souliers cirés et lustrés, mais deux ans auparavant, il avait découvert le confort des Air-Max grâce au lot tombé du camion que lui avait fourni le cousin de Théo et ne les quittait plus. S'il tenait à ce que sa cravate soit nouée dans les règles de l'art et son béret à petits carreaux légèrement tourné vers la gauche et bien enfoncé sur ses cheveux plus sel que poivre, toujours bien peignés, il se souciait comme d'une guigne que l'ensemble soit désaccordé et était loin de se douter qu'il était, en fait, parfaitement dans la tendance. Sa taille d'adolescent n'ayant pas encore fini sa croissance lui donnait un air enfantin. Il marchait à petits pas, sans s'arrêter sur son trajet qu'il connaissait par cœur. Un quart d'heure plus tard, les rues étaient presque désertes. Il s'assit sur son banc, face à la rampe métallique, et regarda les skateurs effectuer leurs pirouettes.

— Salut Firmin, lui lança un rouquin tout en exécutant un ollie.

— Salut Théo ! Salut Anis ! Ça gaze ?

Les deux garçons étaient déjà repartis dans leurs acrobaties. Firmin les détailla en souriant, parfaitement détendu, les bras croisés sur son ventre.

— Ça vous dit qu'on aille au tacos aujourd'hui ? leur proposa-t-il après de longues minutes d'observation.

Anis et Théo s'interrompirent et le rejoignirent aussitôt.

— Cool, mec ! Ça tombe bien, j'avais faim ! Mais quand même, t'as toujours pas rempli ton frigo ? Hier c'était pizza et avant-hier McDo, va falloir manger des fruits et légumes un peu, tu crois pas ? Ma mère, elle te mettrait une de ces chasses...

Le vieux haussa les épaules et prit la direction du Cocoon, flanqué de deux ados dégingandés.

— Ah oui, et après, je vous emmène découvrir un truc. Je suis sûr que vous connaissez pas.

Une heure plus tard, ils ressortirent du tacos le ventre lourd et la bouche graisseuse. Anis et Théo marchaient aux côtés de Firmin, se calant sur l'allure modérée de leur ami.

Au début, ils aperçurent une masse vert sombre, au fond de la rue. Puis, à mesure qu'ils descendaient la voie pavée derrière Firmin, ils remarquèrent que l'air se faisait plus frais. Pas de voiture dans l'impasse, seul le bruissement des arbres.

— Tu veux vraiment pas nous dire où on va ? Au moins un indice, s'te plaît, Firmin !

— Vous verrez bien assez tôt. Si je vous le disais, ça ne serait pas une surprise ! Prenez vos skates sous le bras, plus un bruit maintenant.

Lorsqu'ils franchirent la grille du parc, les deux adolescents frissonnèrent. L'air était humide, les arbres menaçants et les initiatives de Firmin pas toujours dans la légalité. Ils marchèrent quelques minutes sans prononcer un mot, puis le chemin fit une courbe et déboucha sur une esplanade. Anis écarquilla les yeux et tordit sa lèvre supérieure :

— Qu'est-ce que c'est que tous ces vieux ? Qu'est-ce qu'on vient foutre ici ?

— Les vieux, comme vous y allez, marmonna Firmin.

— On dirait une secte ou un machin comme ça, en plus y'a plus de places assises, ça me plaît pas trop ton truc...

— On n'a qu'à s'asseoir par terre, il y a de la place sur le côté.

— J'y vais pas si tu nous dis pas ce que c'est !

Dans la clairière, six rangées de chaises pliantes bleues disposées en arc de cercle étaient toutes occupées par une assemblée dont la moyenne d'âge frôlait les soixante-dix ans. Au centre, sous un chêne tortueux, une petite femme fluette aux cheveux gris parme régla le micro, s'assit derrière la table en formica et sortit un livre de son sac.

— Pour notre deuxième rendez-vous poétique, aujourd'hui, je vous ai choisi un recueil de haïkus japonais.

Anis et Théo levèrent simultanément les yeux au ciel.

— C'est une blague ?

Firmin leur fit non de la tête et sourit.

— Il faut écouter, vous verrez, c'est très beau. Venez par là.

Il tira sur leurs tee-shirts trop grands et leur fit signe de s'asseoir en tailleur. Les deux garçons se résignèrent.

8

Tout s'est accéléré. Le vent du sud faisait claquer les volets, les poneys du jardin étaient assis sur le banc rouillé et ils discutaient chiffons en buvant un thé citron-gingembre dans le service à fleurs bleues de mon arrière-grand-tante. Ils n'en avaient rien à cirer de ce vent à décorner les bœufs. Ce qui est sûrement normal pour des poneys. La vieille d'en face faisait du pole-dance sur le poteau de sa terrasse et moi je les regardais par ma fenêtre ouverte, renversée sur le lit. J'avais tous les corps de métiers dans ma chambre. Le plombier me massait les fesses sur l'air de « Femme des années quatre-vingt », ses mains étaient charnues et imprimaient à mon postérieur un mouvement circulaire qui n'était pas pour me déplaire. L'électricien était en admiration totale pour mes pieds : il avait sorti de ma penderie des escarpins vernis rouge carmin, que j'avais achetés en soldes il y a cinq ans en me disant que ça serait épatant pour les soirs de flamme vacillante. Avec du recul, ça n'a pas été d'une grande utilité. L'électricien louchait sur mes chaussures en me caressant le cou-de-pied et ça le faisait miauler. Le plâtrier-peintre et le plaquiste s'occupaient de mes nichons et j'étais en train de leur conseiller de prendre un apprenti :

un tel savoir-faire, ça se partage, ça se transmet, il faut multiplier l'expérience, vous ne seriez pas meilleur ouvrier de France par hasard, ou certifié Iso soixante-sept mille, ou je sais pas mais quel talent Messieurs, quel talent ! Dommage que ce moment de pied total soit gâché par cette satanée sirène, la vieille d'en face aurait-elle mis le feu à sa terrasse ? Les pompiers ? Non, pas les pompiers... Oui continuez comme ça Messieurs, vive l'Artisanat, ah l'amour du travail bien fait... Mais qu'est-ce que c'est que cette putain de sirène, ou alors des klaxons ? Vous avez bien garé vos camionnettes Messieurs ? Vous n'êtes pas en double file ? Sinon le camion de livraison risque de ne pas pouvoir passer. Oui, venez garer toutes vos camionnettes, le plombier d'abord, voilà... putain de klaxons de bordel de chiotte, il y a pas moyen de se faire ramoner la tuyauterie tranquille !

Il m'a fallu du temps pour émerger. J'étais toute seule dans ma chambre. Pas un mec à l'horizon. J'ai ouvert les volets et j'ai vu une voiture avec dedans une minette vingt ans maxi, belle gueule, crinière rousse et blaser impeccable, qui s'excitait sur son klaxon. La vieille d'en face balayait sa terrasse, le banc rouillé était recouvert de feuilles mortes et ma culotte était toute mouillée. La furie, non contente de taper sur son klaxon comme un charpentier sur son marteau (ah l'artisanat), me regardait comme si elle me connaissait. J'aurais juré qu'elle articulait mon prénom.

Putain.

J'ai percuté.

Joanna. Le Chauve. Mon nouveau job.

J'ai enfilé ce que j'ai trouvé, j'ai dévalé les escaliers.

— Les enfants ! Faut que j'y aille, vous vous débrouillerez, c'est bon ?

Pas de réponse.

Sur la table de la cuisine, j'ai vu deux bols sales, une peau de banane et une brique de lait entamée.

Mon esprit de déduction s'est rapidement enclenché lorsque j'ai pris conscience qu'il faisait jour. Cela faisait belle lurette que mes ados étaient partis. Je me suis félicitée de les avoir rendus si autonomes. J'ai mis le lait au frigo, la peau de banane dans la poubelle du compost, les bols au lave-vaisselle, et le klaxon a recommencé à me tanner les oreilles quand je passais un coup sur la table.

— C'est bon, j'arrive !

J'ai attrapé mon grand sac à main fourre-tout, j'ai mis trois plombes à trouver mes clés, j'ai fermé la porte et j'ai rejoint Joanna.

— Mais qu'est-ce que c'est que cet accoutrement ? J'avais dit confortable, j'ai pas dit qu'on allait traîner toute la journée devant des séries en mangeant des glaces sur un canapé ! Ça s'achète, des survêtements comme ça ? C'est pourtant pas compliqué de ressembler à quelque chose !

— Ben en fait j'ai pas entendu le réveil...

— Mais enfin, Muriel, la tenue, ça se prépare la veille ! On y réfléchit, on vérifie que tout est assorti, on installe tous les vêtements en mode « planche de style » sur un portant pour s'assurer qu'on a un look cohérent, on sort les accessoires, hyper important, les accessoires, on en profite pour se faire les ongles avec un vernis assorti, ça change tout, on n'oublie pas les chaussures...

Elle a eu comme le souffle coupé. Elle a ouvert les yeux et la bouche comme si un python géant était enroulé à mes pieds.

— Mais qu'est-ce que c'est que ça ?

Elle s'est mise à beugler.

— Confortable ! J'avais dit confortable, bon sang ! Des escarpins, tu ne vas pas me dire que c'est confortable, des escarpins ! Comment veux-tu qu'on aille sur le terrain ? Hein ? Tu comptes te déplacer comment avec tes talons de douze centimètres de haut et cinq millimètres de large ?

Je me suis dit qu'effectivement, ça allait être compliqué. Parce qu'en plus, ce qu'elle ne savait pas, c'est que je ne les avais jamais essayés : en plus d'être totalement inadaptés (les escarpins à l'activité qui nous attendait), en plus d'être totalement inadaptée (moi à ce genre de chaussures qui n'ont de chaussure que le nom), j'allais me taper des ampoules comme à chaque fois que je mets des pompes neuves. Et j'avais pas pris de pansements. Je me suis dit que si ses klaxons ne m'avaient pas réveillée, mon rêve aurait viré sado-maso, à tous les coups.

— Et puis mince, il faut s'appeler Victoria Beckham pour porter un survêtement avec des escarpins ! Et encore, elle ne porterait jamais du gris souris avec du rouge carmin vernis ! Jamais !

J'étais penaude. Ça aurait été le bon moment. J'aurais pu lui dire que peut-être je n'étais pas exactement la recrue géniale et compétente qu'elle croyait. Mais je n'ai pas pu répondre. Une force inconnue, indépendante de ma volonté (quoique), m'a coupé les cordes vocales. Et en même temps, je me sentais pas à la hauteur pour parler mode avec elle. Il y a vraiment des gens qui mettent un survêt avec des escarpins à talons aiguilles ? Je veux dire... qui font exprès de mettre un survêt avec des escarpins à talons aiguilles ?

9

C'était la quatrième fois que je changeais de position. Dans la Clio de la veille, le siège conducteur était adapté à ma morphologie : par rapport à celui-là, il était large, moelleux, je dirais même un chouïa de soutien lombaire, tout ce qu'il fallait, quoi.

— Putain de 104 de prêt de merde ! j'ai chuchoté.

Le design du siège convenait manifestement davantage aux formes de Joanna : son tee-shirt décolleté se soulevait au rythme lent et régulier de sa respiration. La tête renversée contre la vitre, elle suçait son pouce en poussant des gémissements légers.

Je ne me suis pas attardée à essayer de deviner à quoi pouvait rêver ma coéquipière. J'ai hoché la tête machinalement. Deux heures qu'on attendait dans ce parking mal éclairé. Je n'ai pas compris si Joanna lui avait donné un faux rendez-vous ou si elle savait juste qu'il allait venir. J'arrive pas à tout retenir, j'y peux rien. Deux heures qu'on attendait, donc, dans l'espoir de voir passer celui qu'on appelait le Chauve. Qui était peut-être déjà passé. On aurait dû arriver une heure plus tôt, mais le garagiste avait mis plus longtemps que prévu.

— Maintenant, c'est moi qui te fais une révision générale, lui avait lancé Joanna en l'entraînant dans une camionnette en réparation.

J'ai donc patienté dans la 104 en écoutant la radio. J'en ai profité pour sortir le dossier d'Hervé Lanœuf. Ou plutôt le pavé.

Le Chauve avait commencé jeune. Très jeune.

Selon le dossier que j'avais entre les mains, le gars n'était pas net. Enfance bourgeoise, dernier d'une fratrie aux noms aussi improbables que Gontran, Tucdual, Quitterie et Pénélope, ses parents l'obligeaient à aller à la messe le dimanche, à remercier le Seigneur avant chaque repas et à passer ses week-ends chez les scouts. Il détestait cette organisation et se débrouillait pour détourner les pièces de monnaie récoltées lors de leurs quêtes pour des bonnes œuvres. Un samedi matin, lorsqu'il avait dix ans, il a mis ses doigts dans une prise de courant pour échapper à ce énième week-end en culotte courte. Il a échappé au week-end, certes, mais l'électricité aurait atteint le cuir chevelu, faisant tomber ses cheveux de façon définitive. Son surnom, le Chauve, le suivait depuis un paquet d'années.

Le dossier mentionnait ensuite un comportement déviant : il a commencé à sécher les cours lorsqu'il ne les chahutait pas, puis on disait qu'il aurait crevé les pneus de sa prof de dessin, et peut-être même revendu de la drogue.

Le drame qui a tout déclenché a été la mort brutale de ses parents, dans un accident de voiture, lorsqu'il avait seize ans. À partir de ce moment-là, il a définitivement quitté l'école et après de menus larcins, il s'est spécialisé dans des arnaques de plus en plus élaborées.

Puis un jour, il est tombé amoureux de celle qu'il ne fallait pas, mariée à un homme politique influent et jaloux. La femme, Gilberte, le mène par le bout du nez et finit par le laisser tomber. Il se venge des femmes en général : se débrouille pour avoir des aventures non protégées avec des jeunes filles de bonne famille tout juste majeures, les engrosse et les abandonne. Quelle enflure, ce mec !

En parallèle, il monte des arnaques, des cambriolages. On le soupçonne d'être à l'origine du braquage du siècle en 2003 à Anvers, le vol du Diamond Center. Mais on n'a jamais retrouvé les diamants. Il les aurait offerts à Gilberte pour la reconquérir, mais elle les lui aurait jetés à la figure. C'est là qu'il aurait commencé à se spécialiser dans le chantage aux hommes politiques. Pour se venger.

Ce mec est vraiment un salaud.

Plus récemment, il semblait s'être assagi. Il a amorcé un virage à cent-quatre-vingts degrés et a commencé à investir dans l'immobilier. Mais lorsque j'ai vu le projet qu'il comptait mener à bien, ça m'a fait comme une décharge du coccyx jusqu'au cou. Joanna avait dit vrai. Il a l'intention de détruire le musée des Confluences de Lyon. Pour y construire à la place un vulgaire centre commercial. Faire table rase d'un édifice remarquable, inauguré en 2014, il y a tout juste quatre ans, avec certes dix ans de retard et ayant quintuplé le budget de départ, certes, mais un musée splendide, qui combine histoire naturelle et civilisations, que j'adore parce qu'il est accessible et compréhensible, pas ennuyeux, parce qu'il semble dire au visiteur arrivant du sud : viens à Lyon, tu vas voir ce que tu vas voir, tu ne seras pas déçu !

Engrosser des filles d'aristos qui ne demandaient qu'à se faire tringler quand papa avait le dos tourné, j'avoue que là-dessus, j'aurais une certaine tendance à l'indulgence. Cambrioler des diamantaires riches comme Crésus pour reconquérir sa bien-aimée, je trouve ça carrément romantique. Mais détruire un lieu de culture à peine terminé pour y installer un temple de la consommation de masse, ça non.

Je me suis sentie devenir toute rouge rien que d'y penser, même mes oreilles étaient en feu, et j'ai marmonné « quel connard » la mâchoire serrée et les mains crispées. Je n'avais pas remarqué Joanna qui s'était réveillée. J'ai sursauté quand j'ai senti son regard sur moi. Depuis combien de temps ? Elle devait me tester, voir si je surveillais comme il faut.

— Ça va Muriel ? Tu as l'air énervée.
— Je pense à cette ordure, à ce qu'il a fait, à ce qu'il veut faire, putain mais quel connard !
— Tu as quand même surveillé le parking ?
— Oui oui, j'ai répondu. Personne.

Elle a regardé dans le vague pendant quelques secondes.

— Il ne viendra plus. Allez, viens, on va manger.

10

« — Entrecôte-frites... saignante, s'il vous plaît, à quoi bon, sinon !

Saignante, en plus... elle me dégoûte, cette Muriel.

— Fettucini aux légumes d'été, de toute façon c'est tout ce que vous avez sans viande, non ?

— Excuse, je dois répondre aux SMS des enfants, pour leurs devoirs, cinq minutes max, t'es sympa !

T'as raison, réponds-leur ! Ça tombe bien, j'ai le radar qui clignote au passage du serveur... Allez... viens croiser mon regard, petit chéri ! Mais retourne-toi, bon sang, j'ai la chatte qui frétille à voir ton cul musclé moulé dans ton pantalon, retourne-toi, que je détaille la marchandise. Mmmh, voilà, c'est bien ce que je pensais, potentiel XXL... Regarde par là, chaton... Voilà... Passer ma langue sur mes lèvres en matant son entrejambe... c'est fait. Décroiser les jambes. Recroiser. Jupe légèrement remontée. Je te donne cinq secondes max... un, deux... ferré ! C'est vraiment trop facile ! Heureusement qu'il y a d'autres serveurs...

— Je vais aux toilettes pendant que tu finis de leur répondre, prends ton temps !

Oui, tu peux bien prendre ton temps, ma grande ! L'animal a pigé. C'était quand, déjà, la dernière fois que je me suis fait secouer contre la faïence ?

Je sens son haleine dans mon cou en poussant la porte battante. Il m'entraîne directement vers la dernière porte à droite, avec le logo du fauteuil roulant.

M'attarder sur les détails de notre prestation serait certainement une perte de temps. Elle tient en deux mots : rapidité et efficacité. Forcément, s'il veut assurer le service. La table à côté de la nôtre attendait son plat du jour quand je me suis levée. Il est fort possible qu'ils ne remarqueront peut-être même pas le retard. Tout juste leur viande sera-t-elle légèrement refroidie. Quant à la mienne, je dois dire qu'elle s'est sacrément réchauffée. Je passe mes mains mouillées dans le séchoir — on ne pense pas toujours à se laver les mains après une séance de baise, aussi courte soit-elle, mais on devrait — ultra puissant, le séchoir, mais surtout ultra bruyant. À cet instant précis, je me souviens que je ne suis pas venue là pour que le prénommé Fabien m'emmène au septième ciel en soixante secondes chrono, mais bel et bien pour rallier à ma cause cette gourde de Muriel.

De retour dans la salle de restaurant, je l'observe avant d'aller m'asseoir. Il faut vraiment qu'elle aille chez le coiffeur. Il y a un moment où il faut savoir trancher. Lisse ou bouclé, voire souple, mais pas cette espèce de masse informe, des vaguelettes d'un côté, des frisottis de l'autre, et puis bon, ce châtain terne et sans âme, bon sang, Steve te réveillerait tout ça en moins de deux. Et la posture, mon dieu, elle a beau être concentrée sur ses messages, ce n'est pas possible de froncer les sourcils à ce point. Elle est déjà bien marquée, quand même. Peut-être qu'un peu de botox... Mais qu'est-ce qu'elle a à s'acharner sur son portable pour si peu ? C'est d'un ridicule... Si ses rejetons ont besoin d'elle pour leurs devoirs, je ne donne pas cher de leur avenir...

Je m'assieds en face d'elle. Subitement, le ciel se couvre de gros nuages sombres. Comme si l'ambiance plutôt légère devait à tout prix prendre une tonalité dramatique. Je décide d'attraper le taureau par les cornes.

— Écoute, je ne vais pas y aller par quatre chemins...

— Oui, excuse-moi, j'ai jamais pu voir la géographie en peinture, c'est dingue ça, comment veux-tu intéresser les élèves avec un programme pareil ? Franchement ! Je fais comment, moi, pour lui expliquer à Lilian, que j'en sais fichtre r...

— Muriel, j'aimerais bien qu'on parle boulot maintenant. Je pense t'avoir laissé assez de temps pour envoyer tes messages personnels, entendu ?

Elle se mord la lèvre inférieure et rentre la tête dans les épaules, on dirait une tortue. Ce qu'elle peut être pitoyable...

— Tu en penses quoi, toi, de ce projet immobilier ?

— Le projet immobilier de quoi ?

— Rassure-moi : tu as bien lu le dossier du Chauve, tout à l'heure ?

— Oui, bien sûr, je l'ai lu pendant que tu dormais.

— Tu vois donc de quel projet je veux parler ?

— Ah oui, ça... la transformation du musée des Confluences en centre commercial ?

— Oui, ce projet-là, il n'y en a pas d'autre, me semble-t-il !

— Mais Joanna... enfin... je suis gênée de te dire ça, mais...

— Oui ?

— Tu y crois vraiment ? Je veux dire, c'est sûr c'est pas un enfant de chœur ce gars, il a même donné dans le grand banditisme... mais je trouve quand même que cette histoire de transformer un musée tout neuf en centre commercial, ça colle pas vraiment avec le reste du personnage. Tes sources, elles sont fiables ?

Qu'est-ce qu'elle m'ennuie quand elle essaie de se servir de son cerveau.

— Plus que fiables, justement, sache que j'en ai plusieurs et que je les ai recoupées. Mais ce n'est pas idiot ce que tu dis, je me suis fait la même réflexion. Et tu sais ce que je crois, moi ?

— Euh non.

— Mon opinion, c'est qu'il a conçu ce projet exprès pour que les gens croient à un canular. C'est tellement invraisemblable que personne ne peut y croire. Cela fait partie de sa stratégie, et c'est vraiment très très malin... et très dangereux. Trop dangereux. On doit frapper fort.

— Ben oui, on va l'arrêter. On va y arriver. J'étais peut-être pas au top aujourd'hui, c'est normal, c'est mon premier jour et il faut que je prenne mes marques. Mais tu vas voir, demain c'est sûr ça ira mieux. Je le sens bien.

— Alors tu trouves que de l'arrêter c'est suffisant ?

— Ben c'est énorme quand même... non ?

— Mais tu ne comprends pas que l'arrêter ne suffira pas à stopper son projet ?

— Ben faut faire quoi alors ?

— Le seul moyen de lui mettre des bâtons dans les roues... tu vas peut-être le trouver un peu radical, Muriel, mais je pense que c'est le seul. Il faut l'éliminer.

— Heeein ?

— Oui, tu as bien compris, Muriel, il faut éliminer cette ordure. C'est la seule façon de l'empêcher de nuire.

— Éliminer... éliminer ? Genre... le faire mourir ? C'est ça que tu veux dire ?

— Je te conseille de parler moins fort. S'il te plaît. Ce serait ennuyeux que quelqu'un nous entende.

Depuis que je suis revenue à table, je trouve que le petit serveur passe un peu trop souvent à côté de nous. Il me frôle à chaque passage, l'air de me suggérer qu'on y retourne. Il faut dire qu'il doit lui en rester dans les sacoches.

J'observe les yeux écarquillés de ma partenaire. Manifestement pas habituée à ce type de conversation. À côté de nous, le couple hésite à prendre un dessert. D'autres tables se sont remplies, un brouhaha s'est installé dans la salle de restaurant. Les odeurs se mélangent : parfums capiteux des clients un peu apprêtés, cette viande grillée qui me dégoûte, l'odeur aigre de la vinaigrette de chez Métro, la même que dans tous ces établissements qui se donnent une image de fait maison, mais qui sont incapables de s'y mettre vraiment.

— Mais on peut pas faire ça ! C'est interdit !

— Et tu crois que c'est en faisant seulement ce qui est autorisé que l'on fait avancer les choses ? L'histoire, c'est dans un bain de sang qu'elle s'est faite, pas en demandant gentiment aux gens de faire ou de ne pas faire les choses.

— Ah mais moi, je peux pas faire ça ! C'est pas possible !

— Tu en es sûre ? Je veux dire, je ne te demande pas de le faire, juste de m'aider. Ce n'est pas la même chose du tout.

— Ben quand même, je serais complice, c'est pas rien.

— Je ne suis pas d'accord, ça n'a rien à voir. On peut faire en sorte que personne ne sache que cette conversation a eu lieu. Seule, j'ai peur de ne pas pouvoir y arriver, tu sais. Je t'assure que j'ai bien essayé de trouver d'autres solutions. Il n'y en a pas d'autre. On doit se débarrasser de cet homme. Peut-être même que cette action sera inscrite dans les livres d'histoire comme le début de la décroissance. Le triomphe de la culture sur la société de consommation. C'est beau, non ?

— Oui, c'est beau, c'est sûr, mais tuer un mec, quand même, c'est un peu fort de café !

Oh mon dieu, qu'est-ce que c'est que cette expression ? J'ai l'impression d'être dans une pub des années cinquante…

— C'est pour cela que je te demande seulement un petit coup de main.

Elle se met à se balancer sur sa chaise, un tout petit peu. Elle étire le bord de sa bouche à droite, puis à gauche. Triture ses doigts boudinés. Pas si compliqué que ça de la convaincre, celle-là. Dans cinq minutes maximum, c'est bon.

— Ce qu'il faut, surtout, c'est le forcer à signer un document avant.

— Et on pourrait pas juste lui faire signer ?

— Trop risqué, il pourrait se rétracter.

— Ah...

— C'est très important, ce document. S'il ne signe pas, ça n'aura servi à rien, tout ça. Il faut absolument que tu m'aides, Muriel. Absolument.

— Fais voir ?

— Je ne l'ai pas là, mais t'inquiète, c'est tout ce qu'il y a de plus légal.

— Tu me jures que c'est légal ? Hein Joanna, tu me jures que pour ça, au moins, on risque rien ?

— Puisque je te dis que tu ne risques rien, toi ! Par contre, il est crucial de le faire signer avant de le tuer. Tout le plan repose là-dessus. C'est sa mort, et sa mort seulement, qui déclenchera l'annulation du projet. Et c'est ce document qui le stipulera. Tout mon plan repose sur la combinaison signature-mort. Tu as compris ?

— Oui, j'ai compris, mais là tu sous-entends que je suis d'accord...

— Et ?

—...

— Tu es d'accord, Muriel. Au fond de toi, je sais qu'il y a une grande noblesse. Une noblesse de cœur. Et je sais que tu vas me soutenir. Parce que je le sens. Je sais reconnaître les gens bien. Les gens bons. Et il ne m'a pas fallu longtemps pour m'en rendre compte. Tu es quelqu'un de bien, Muriel. Peut-être que tu n'as pas l'habitude que l'on te le dise en face. Tu mérites que l'on te fasse ce compliment. Je me trompe ou tu n'en as pas beaucoup, des compliments ?

Elle déglutit, ses lèvres tremblent, ses yeux deviennent humides. Une petite larme déborde de sa paupière inférieure et coule sur sa joue rebondie.

Ferrée. »

11

Après le restaurant, on est retournées sur le parking avec Joanna. La lumière était faiblarde, la voiture toujours aussi inconfortable, et ce chien errant ne me disait rien qui vaille. Pourtant, il ne semblait pas impressionner plus que ça le matou noir à l'oreille cassée qui rôdait autour de containers à poubelles, plus motivé par la perspective d'un reste de poisson qu'effrayé par le prédateur canin. Cela fait bien longtemps que les chiens ne sont plus des prédateurs pour personne, depuis qu'on leur met des manteaux l'hiver et des croquettes anti-cholestérol dans la gamelle. Alors que les chats, même les chats de salon au pelage soyeux et aux jouets plus élaborés que ceux de mes gamins, les chats, eux, sont restés des prédateurs. Le dernier que j'ai vu avec une pauvre souris m'a donné des frissons dans le dos. Cette cruauté ! Juste pour le plaisir. Tout ça pour laisser son cadavre à qui voulait, s'en désintéressant dès que le cœur de la petite bête s'est arrêté de battre. Brrr.

Les quadrupèdes se souciaient de nous comme de l'an quarante. Ils avaient leur vie propre. Les humains ? De simples figurants. Parfois, je me dis « et si chaque espèce était comme nous, si chaque espèce se croyait au-dessus des autres ? ». Peut-être que c'est le cas. Peut-être qu'à ce moment, le chien et le chat étaient en train de planquer pour empêcher un autre mammifère de nuire, tout comme nous. Peut-être que ça faisait des heures, des jours, des semaines qu'ils attendaient. Alors que nous, on venait juste de s'y mettre. Je me suis dit, va falloir trouver des sujets de conversation. Compliqué. La Joanna et moi, j'avais bien l'impression qu'on n'était pas vraiment du même monde. Intéressant, de se tourner vers ce qu'on ne connaît pas. Mais compliqué.

Une moto est passée. Genre Harley Davidson, avec un mec sans barbe dessus, donc pas Harley. Le bruit a résonné longtemps dans ma tête.

Joanna avait l'air préoccupé. Normal. Je ne savais pas trop comment me comporter. Je m'apprêtais à me rendre complice d'un… meurtre ? J'avais du mal à y croire moi-même. Même les mouches, j'ai des scrupules à les occire juste parce qu'elles ont le malheur de recouvrir les vitres de ma cuisine avec leurs déjections. Je préfère ouvrir la fenêtre et les laisser partir. Alors bon, même si c'était pas moi qui allais tenir l'arme, c'était tout comme. Et je savais bien, au fond de moi, que j'allais faire foirer son plan. D'ailleurs, c'est ce qui s'est passé.

C'est allé très vite. J'ai d'abord vu sa voiture, reconnaissable entre mille, même si je suis toujours incapable de dire ce que c'était. Il avait bien rendez-vous. Il s'est garé au milieu du parking vide et rien n'a bougé pendant plus d'une minute. C'est long, une minute. Même le chien et le chat sont partis, tellement il n'y avait rien à faire. C'est après, que c'est allé très vite. Joanna m'a dit :

— On va y aller, tiens-toi prête. Et on fait comme on a dit. Tu déconnes pas.

— Tu crois vraiment ? Je suis pas sûre...

Ses lèvres ont frémi.

— Déconne-pas, Muriel. On suit le plan. À la lettre.

J'ai acquiescé, mais je n'ai pas pu prononcer un mot.

La porte de la voiture du Chauve s'est ouverte, et j'ai vu la masse de son corps se dérouler lentement, son crâne luisant d'abord, puis sa chemise à fleurs. Il s'est étiré en levant les deux bras, comme s'il venait de faire un long voyage. Puis il s'est appuyé contre sa voiture, les jambes croisées, l'allure nonchalante.

Joanna s'est tournée vers moi et elle a fait un petit mouvement de la tête vers le bas. Ses yeux étaient brillants.

— Maintenant.

On a ouvert nos portières en même temps et on s'est précipitées dehors, Johanna un chouïa plus vite que moi.

Il a d'abord eu un air étonné, il a dit quelque chose comme bonjour, et après je ne sais pas vraiment ce qui s'est passé. J'ai senti un coup sur ma tête. Comme je n'en avais jamais eu. J'ai eu à la fois mal, et pas mal du tout. J'imagine que je n'ai pas eu le temps de m'en rendre compte. Peut-être que la douleur était si forte que mon corps a décidé qu'il fallait que je tombe dans les pommes pour pouvoir la supporter. Pourtant j'ai accouché deux fois, je sais ce que c'est. Mais quand on ne s'y attend pas, c'est différent. Un coup sur la tête, c'est pas pareil, faut croire.

12

— Joanna ! Réponds-moi !

Il fait sacrément noir. Je tâtonne pour essayer de comprendre ce qui ne va pas. On dirait qu'elle a été bâillonnée, ça lui fait comme une voix grave. Ça y est, je touche comme du plastique mou et chaud, légèrement cartonné. Il a dû lui mettre ce genre de scotch de bricolage ultra résistant sur la bouche. Je sens aussi une surface rugueuse, à côté du scotch, et une surface lisse vers l'oreille. Mais qu'est-ce qu'ils lui ont foutu sur la tête ? Je vais déjà décoller le scotch, on verra pour le reste après.

— Attention, ça va faire mal ! Je vais t'enlever ton bâillon. Courage, ma grande ! Un... deux... trois !

Je tire d'un grand coup sec, en tendant la peau avec mon autre main, comme l'esthéticienne quand elle m'épile à la cire, truc bien connu qui permet d'arracher les poils, seulement les poils, et de ne pas arracher la peau avec.

C'est là qu'un hurlement de bête sauvage me transperce les tympans.

Je sursaute, une sensation de décharge électrique traverse ma nuque. Ma bouche s'ouvre pour crier, mais rien n'en sort. Je suis paralysée.

Ce n'est pas Joanna qui est là, avec moi.

— Vous en avez mis, du temps, à m'arracher ce truc !

La voix est étrangement douce. Masculine. Je ne l'ai entendue qu'une seule fois, mais je ne l'ai pas oubliée.

Le Chauve.

Je recule à quatre pattes, le plus loin possible.

— Ne me touchez pas ! Je vous préviens, si vous me touchez je vous... je... Aaaaaaaaaaah !

Je suis en train de me faire péter les cordes vocales tellement j'ai la trouille.

— C'est bon, je ne vais pas vous toucher ! Venez plutôt me détacher !

Dans ses rêves, oui ! Aller détacher le pire truand que j'aie jamais vu de ma vie. Certes, le seul, aussi. Mais bon, j'ai pas tout compris, moi. Je respire un grand coup et, pleine de courage, j'ose lui adresser la parole de façon relativement normale, comme si j'avais une vraie personne normale face à moi.

— Mais qu'est-ce que vous foutez là ?
— À votre avis ?
— Comment ça se fait que vous soyez attaché et bâillonné, et pas moi ?
— J'en sais rien, voyez-vous, mais je suis sûr que j'aurais plus de facilité à vous répondre lorsque vous m'aurez libéré les mains.
— Qu'est-ce qui me prouve que vous n'allez pas me faire du mal ? M'attacher, pour pouvoir me faire ce que vous voulez, genre me tuer ou me

violer ? Hein ? Je suis pas tarée, moi. Vous avez pas intérêt à essayer de vous approcher !

— Sinon ?

— Comment ça, sinon ?

— Sinon, quoi ? Si je m'approche de vous, qu'est-ce qu'il va se passer ? Qu'allez-vous donc bien pouvoir me faire ?

Putain... je lui réponds quoi ? Je lui fais croire que je fais du karaté ? Que je suis hyper dangereuse et hyper méchante ? Que j'ai le pouvoir de l'anéantir en l'effleurant ?

— Ouais ben... vous voulez pas non plus que je vous le dise, par-dessus le marché ?

Pitoyable. Je ferais mieux de la fermer. Ma mère me disait « tu l'ouvres trop, Muriel, apprends un peu à te taire ». J'ai l'impression de l'entendre.

13

Je commence à distinguer les contours de notre cellule. C'est drôle, je ne me rendais pas compte que c'était la nuit. Je croyais juste qu'on était dans un sous-sol sans ouverture. En fait, on dirait que le jour se lève. Une lumière faiblarde sort d'en haut. Des sortes de petits vasistas, à vue de nez. Faits pour qu'on y voie quelque chose, pas vraiment pour éclairer. J'ai l'impression qu'on est dans une espèce d'entrepôt. Désaffecté, l'entrepôt. De grandes parois, métalliques je dirais, un sol en béton lisse, des poteaux, alignés. Un matelas de dix centimètres maximum, aux motifs que je suis contente de ne pas réussir à voir dans le détail, sur le matelas, une couverture parfaitement pliée et un rouleau de papier toilette, à côté du matelas une bassine ronde. Oh mon dieu... ça va pas arranger ma tendance à la constipation, ces conneries.

Dans un coin, on dirait des cartons. Je vais voir, des fois qu'il y aurait, je sais pas, moi, des armes, des battes de base-ball, une perceuse, un pied-de-biche, des explosifs, voire la clé pour sortir de là. Ben quoi ?

Je regarde le premier. Vide, manifestement. Je passe ma main au fond, comme on n'y voit presque rien. Le Chauve grogne dans son coin. Je sens un petit objet métallique.

— Vous devez savoir, vous... est-ce qu'on peut crocheter une serrure avec un trombone ?

Évidemment, pas de réponse. Le gars est vénère, comme dirait Lilian. Putain ! Les enfants ! Ils vont s'inquiéter ! Putain ! Ils vont pas s'inquiéter du tout ! À l'heure qu'il est, ils sont forcément chez leur père. Ça aurait été pas mal qu'ils s'inquiètent, ça me laissait une chance qu'ils appellent quelqu'un pour me chercher...

Mes doigts caressent le fond du carton. Plein de poussière, et à part le trombone... je bute sur un cylindre, petit. On dirait un bâton de colle ou un stick à lèvres. Là, j'ai la vision d'un blond, coupe vaguement mulet, blouson beige, j'entends le générique de MacGyver, j'arrive plus à me souvenir du gars avec qui il bossait, et je me dis que je ferais bien d'arrêter de me faire des films.

L'autre carton, lui, m'a l'air sacrément lourd. Dedans, des piles de journaux. Ce qu'il nous faudrait, c'est un briquet. On ferait un feu d'enfer, et peut-être que la colle, en brûlant, exploserait et je pourrais m'échapper.

Rien d'autre.

M'est avis que je suis mal barrée. Va falloir commencer à considérer mon codétenu. J'en fais quoi ? Enfin, j'en fais quoi... je me comprends, je vais évidemment pas pouvoir en faire grand-chose.

Mais quand même, je m'interroge.

J'essaie de revoir le moment où j'ai reçu le coup sur la tête. J'ai beau chercher, je vois personne d'autre que Joanna. Si je résume, elle a tenté de me convaincre de tuer le Chauve. Et j'ai pas voulu. Donc finalement, c'est logique. J'ai du bol, en fait. Ça me revient, elle a insisté sur le fait qu'il fallait absolument qu'il signe un papier avant de le buter. Je suis en vie juste parce qu'elle n'a pas pu lui faire signer son papelard. Voilà. D'un coup, mes genoux font les castagnettes.

Le Chauve remue un peu, dans son coin. Je me demande si je ne suis pas en train de commencer à avoir pitié de lui. Lui et moi, on est dans le même bateau, tout compte fait. Je tente une approche.
— Euh, dites-moi, ça va ?
Il émet un rire faiblard.
— Ben quoi ?
— À votre avis, ça va comment ?
Évidemment, je n'ai pas grand-chose à lui répondre.
— Je vais vous dire comment ça va. J'ai faim, j'ai envie d'aller aux toilettes, j'ai les mains et les pieds ligotés et ça me fait mal, mes membres sont engourdis et j'attrape des crampes à la plante des pieds, et manifestement, ce n'est pas vous qui allez faire en sorte que ça aille mieux. Ça vous va, comme réponse ?
— Vous seriez pas un peu susceptible, sur les bords ?
— Vous vous fichez de moi ?
— J'essaie d'être sympa avec vous, c'est tout.

— Je vais vous dire comment vous pouvez être sympa avec moi : il suffit de me détacher.

— Oui, ben c'est pas facile, non plus, comme décision, à prendre. Comment je peux avoir confiance en vous ? Comment je peux être sûre que vous n'allez rien me faire, hein ?

— C'est très simple,... Au fait, comment est-ce que vous vous appelez ? Moi, c'est Hervé.

— Muriel.

— C'est très simple, Muriel, de savoir si vous pouvez avoir confiance en moi.

— Ah oui ?

— Oui, c'est très simple. Vous ne pouvez pas.

— Ah...

— Vous ne pouvez pas, non. Mais vous pouvez me détacher, et je peux juste vous donner ma parole que je ne vous ferai rien de mal.

Alors que je me fais la réflexion que quand même, il y a des accents de sincérité dans ce qu'il dit, je sursaute. À l'extérieur, je viens d'entendre un moteur. Un véhicule se gare, une portière claque, on ouvre un coffre, il y a un bruit de frottement, puis plus rien, puis une portière qui claque encore, et des cliquetis de clés. Je suis paralysée.

La porte s'entrouvre, et un faisceau lumineux m'aveugle.

— Vous bougez, je vous flingue !

La voix de Joanna a changé depuis la dernière fois que je l'ai entendue. Il est désormais évident que nous ne sommes plus dans le même camp. La lumière balaie la totalité de l'espace. Elle s'attarde sur le Chauve, sur les cordes à ses poignets et à ses chevilles.

— Muriel, va te mettre au fond ! Tu bouges, je te flingue, OK ?

— Oui, j'ai compris.

Mais je ne fais pas la maligne. Je m'exécute illico presto et je vais me coller dans l'angle du bâtiment, vers les cartons.

— Non, pas là ! Serre-toi contre un poteau.

Il y en a un à deux-trois mètres. Elle m'aveugle avec sa lumière.

— Maintenant, tu entoures le poteau avec tes mains, comme si tu dansais un slow avec le poteau, tu vois ?

— Oui, je vois bien...

J'ai à peine le temps de prendre le poteau pour Daniel Craig, elle est déjà sur moi et m'attache les mains avec des menottes.

— Simple mesure de précaution, ne m'en veux pas...

Puis elle recule, disparaît derrière la porte par laquelle elle est entrée, et revient avec un matelas qu'elle laisse retomber. Alors qu'elle retourne dehors, je me rends compte que celui-ci est blanc satiné, on dirait qu'il est neuf. Elle réapparait, balance une couette épaisse, enveloppée d'une housse à motif cachemire, du moins c'est l'impression que ça me donne depuis mon poteau. Elle rapporte un oreiller assorti, ressort, et revient avec un sac en papier kraft.

— Bon voilà, je prends soin de vous, vous voyez. Vous allez manger bio et local. Elles sont excellentes, ces salades, vous m'en direz des nouvelles.

Il y a aussi de l'eau et du pain. Muriel, la parure de lit, elle est pour toi. Normalement c'est plutôt confortable, tu vas voir. Je suis désolée, mais je suis obligée, tu sais. Ne le prends pas personnellement.

Elle s'approche de moi, m'enlève les menottes et me menace avec son arme.

— Tu retournes là-bas au fond et tu ne t'avises pas de bouger. Ça va bien se passer si tu m'obéis.

Je ne cherche pas à innover, je retourne vers les cartons pendant qu'elle recule et referme la porte derrière elle.

Est-ce que j'aurais pu m'échapper ? Je suis sûre que non. Je n'ai pas essayé, de toute façon.

14

L'heure qui suit, on gueuletonne avec le Chauve. Pas réussi à le détacher, j'ai deux mains gauches. Et puis bon, j'avoue, ça m'arrange de le maîtriser un minimum. Les pieds, j'y suis arrivée, ça m'arrange aussi quand même, rapport aux activités du genre intime. Pour les mains, j'y penserai peut-être plus tard, il peut bien se débrouiller, elles sont attachées devant.

Quand je dis on gueuletonne, j'y vais peut-être un peu fort. Mais elle est pas dégueu, sa salade. Bon... le tofu, je suis pas pour. Aucun intérêt gustatif. Et à chaque fois, je me fais avoir : l'impression de tomber sur un dé de feta et patatras ! la fadeur dans toute sa splendeur. Mais les croutons sont pas mal, les tomates cerises bien fraîches, et les olives noires bien goûtues. Rien à dire de ce côté-là. C'est niveau dessert que je suis hyper déçue. Aucun dessert. Si je finis pas un repas sans une touche sucrée, ça va pas. Quand je dis touche, façon de parler. Un bon gros fondant au chocolat avec un coulis au caramel beurre salé, une boule de glace vanille et deux-trois pschitt de chantilly, ou juste une boîte de crème de marrons, ça m'aurait bien plu. C'est toujours ça qui n'ira pas s'incruster dans mes fesses. Positivons.

Depuis bien cinq minutes, le Chauve soupire à qui mieux mieux. Je tente une approche pas très originale, certes, mais somme toute un rien empathique.
— Ça va ?
Là, je crois que j'ai appuyé sur start.

— Vous savez, Muriel... je vais finir tout seul. Mais ce n'est pas tant la solitude qui m'inquiète. En fait, ce qui m'attriste, c'est de ne rien laisser après moi. Je m'en irai et il n'y aura plus rien. Quand mes parents sont morts, j'avais seize ans. J'étais le dernier d'une grande fratrie. Ils sont partis trop tôt... bien trop tôt. Sûrement que j'aurais mieux tourné s'ils étaient encore là. Ils sont partis trop tôt, mais ils ont laissé leur empreinte. Vous me direz... il y a certaines empreintes dont on se passerait... Mais moi, je n'aurai pas d'enfant.
— Comment pouvez-vous en être si sûr ?
— Je le sais. C'est tout. Les femmes, je leur fais peur.
Là, je lui donne pas tort. Vu le morceau, moi aussi j'aurais la trouille de finir en mille morceaux. Mais bon, d'après ce que j'en sais, il aurait des mioches dans la nature, le gars.
—Je suis déjà tombé amoureux pour de vrai. Une fois. Elle était belle. Elle était fantastique. Elle souriait tout le temps. Elle riait tout le temps. Elle m'aimait aussi, je crois. Elle était mariée. Je voulais qu'elle le quitte, mais j'ai préféré ne pas la brusquer, alors je ne lui ai jamais demandé. Mais je lui ai fait peur.

— Pas étonnant non plus... vous avez un gabarit plutôt hors du commun... si je peux me permettre...

Oh putain, mais qu'est-ce qui me prend ? S'il me balance une taloche, il m'arrache la mâchoire, l'oreille et l'arrière du crâne en une seule fois. Il est en mode confidence, certes, mais c'est pas une raison pour faire copain-copain avec lui.

— Je ne parle pas de ce genre de peur.

OK, il avait sûrement l'ascendant psychologique sur elle. Ce mec est dangereux.

— Le vol du Diamond Center, ça vous dit quelque chose ?

— Euh... vaguement... mais je lis pas trop les infos en fait...

Je lui dis ou pas que les infos, je les lis jamais ? C'est chiant ça, pas envie d'avouer que je me cultive pas trop... Sauf que je suis conne, ce truc du Diamond Center, c'était dans le dossier. Ça tombe bien, il va pouvoir m'expliquer...

— C'était à Anvers. Il y a une quinzaine d'années. Il y en a qui l'ont appelé le casse du siècle. J'ai voulu lui offrir un fleuve de diamants.

— Le casse du siècle... pour une femme ? Ouaouh...

— Sauf que ça lui a fait peur. Et elle a préféré rester avec son connard de député de mari. Depuis, je sais que je n'aimerai plus personne comme je l'ai aimée, elle.

Le vent siffle dans le bardage. C'est pas commun, un molosse pareil, avec un cœur de midinette.

— Je n'aurai pas d'enfant. Je ne laisserai pas

mon empreinte. C'est peut-être pour laisser mon empreinte que je veux construire un centre commercial. Mon centre commercial, à mon goût, avec les magasins qui me plaisent à moi. Pour marquer les esprits. C'est pitoyable, n'est-ce pas ?

Je n'ose pas lui répondre que oui, c'est pas franchement reluisant, y'a plein de façons de se faire remarquer. De « laisser son empreinte », comme il dit. Il peut faire de l'humanitaire. Il peut écrire un livre. Je sais pas, moi. Mais putain, un centre commercial, c'est juste complètement naze. Et là, je sais pas ce qui me passe par la tête, je m'y mets aussi.

— Je vois pas pourquoi il y aurait des rêves pitoyables et d'autres impitoyables.

Bravo Muriel, tu vas nous sortir quoi maintenant ? Dallas ? Arrête de dire des conneries, tu te ridiculises.

— Tiens par exemple, moi, avec mon Gérald — Gérald, c'est mon ex-mari — on avait aussi un projet qui nous a trotté dans le crâne pendant pas mal d'années.

Voilà, t'as commencé. Tu vas plus pouvoir t'arrêter. Tu vas lui livrer ton intimité en pâture. C'est moche ça, Muriel, c'est moche...

— On voulait tout laisser tomber, repartir à zéro, on aurait ouvert des chambres d'hôtes. On aurait trouvé une maison à retaper dans un hameau, un petit village, ou même au milieu de nulle part, là-bas après Bourgoin-Jallieu ou vers Saint-Chef, peut-être dans les Terres froides. Une vieille bicoque en pierres ou en pisé, avec un puits. On aurait fait les travaux nous-mêmes, on l'aurait métamorphosée en cocon douillet, avec un poêle à bois ou une cheminée, de gros fauteuils moelleux. Chaque chambre aurait été décorée selon un thème différent. Avec Gérald, un soir qu'on s'était préparé un litron de caïpirinha, on avait cherché des thèmes pour nos chambres. On s'était dit que si on trouvait vers Saint-Chef, on pourrait les appeler Béru, San-A, Toinet, Berthe... en hommage à Frédéric Dard. Mais on s'est fait la réflexion que c'était franchement convenu. Banal. Alors on a repris des caïpirinhas et on est partis sur des thèmes moins classiques. On a sorti Gastro-entérite, Mycose et Furonculose, et ça nous avait fait pisser de rire ! Mais on s'était dit qu'on perdrait une partie de la clientèle. Les gens ont tellement d'a priori. On a fini la soirée complètement beurrés. Il faut toujours se méfier de la caïpirinha. C'est doux, c'est sucré, la petite acidité du citron vert masque le taux d'alcool et on se fait vite prendre au piège. Mais c'est là qu'on a trouvé les noms des chambres. On est partis sur de la poésie, en quelque sorte. On emmènerait nos clients dans des univers imaginaires, ils seraient transportés. Le fakir qui couine ; Passe-moi les menottes, Jacquotte ; Le boucher sanguinaire... Bien sûr, ça restait à peaufiner. D'ailleurs, le lendemain matin, on n'était plus très sûrs. Et on avait mal à la tête. Et puis il allait falloir la trouver, la maison. Le temps qu'on se décide, on s'est rendu compte qu'on n'avait plus envie de ce projet. Qu'on n'avait plus envie d'aucun projet ensemble. Ça nous disait bien, de repartir à zéro, mais chacun de son côté...

C'est quoi, ce ronron ? Hervé ? Putain, il ronfle.

15

Mes yeux commencent à s'habituer à l'obscurité. Je devine même la boule de billard qui sert de coiffure à mon codétenu. J'ai des courbatures partout à force de rester dans des positions incroyables. Ah, ce que je ne donnerais pas pour retrouver mon canapé... Qu'est-ce que je pourrais bien faire pour m'occuper ? Aucune idée ne me vient à l'esprit. Tout ce que je connais, c'est des jeux de société où il faut être au moins deux. Alors bon, là, je suis un peu coincée. Qu'est-ce que ça peut être chiant d'attendre que le temps passe. Je m'ennuie tellement... Peut-être qu'il fait semblant de dormir...

— Vous dormez ?

Évidemment qu'il ne me répond pas. Il dort tout le temps, ce mec. Jamais vu ça. Il planquerait des somnifères dans ses poches que ça m'étonnerait même pas. Je racle ma gorge et je réitère :

— Hé, vous dormez ?

C'est bon, il bouge.

— Au lieu de me réveiller toutes les cinq minutes, vous pourriez pas plutôt faire marcher vos méninges ? Il faut qu'on sorte de là, vous avez conscience de ça ou vous préférez moisir ici ?

— C'est marrant...

— Je ne vois pas en quoi c'est marrant de m'empêcher de dormir !

— C'est marrant parce que mon ex, c'était pareil, il aimait pas trop quand je lui demandais s'il dormait, ça le mettait en pétard, tout pile comme vous.

— Ah oui ? J'ai un scoop pour vous alors : personne n'aime être réveillé ! C'est dingue ça, vous vivez sur quelle planète ?

Je l'entends s'asseoir.

— Maintenant que ma nuit est morte et enterrée, vous avez quoi, comme idée, pour nous sortir de ce trou à rats ?

— Et vous, vous en avez, une idée ? Je vois pas trop en quoi j'aurais plus d'idées que vous. Moi aussi, j'ai un scoop, figurez-vous : c'est la première fois que je me fais kidnapper !

— Sauf que vous les femmes, vous avez le sens pratique, c'est bien connu...

Le fils de...

Ni une ni deux, je prends de l'élan, exerce une torsion du buste, mon bras part de derrière et fend l'air à la vitesse de l'éclair telle l'épée du pouvoir, direction sa joue, ou plus exactement direction mon estimation spatiale de l'emplacement de sa joue, extrêmement approximative. Manque de bol, je le loupe. Il ricane. Une espèce de rire méprisant, je trouve. Un vrai connard.

— J'ai de la chance, dites ! Vous n'êtes donc pas nyctalope.

— Arrêtez de m'insulter, espèce de macho rétrograde de mes deux !

— Je voulais juste faire référence au fait que votre vue nocturne n'est pas comme celle des chouettes...

— Je sais ce que ça veut dire, figurez-vous ! Il y a aussi des femmes qui ont de la culture générale, ça vous en bouche un coin ! (Oui, je sais. Qu'on ne me demande pas comment ça se fait que j'aie retenu un mot pareil) Pourquoi vous dites qu'on a le sens pratique ? Rapport à l'aspirateur ? Faut sortir de chez vous, le Chauve ! Et si vous comptez sur moi pour nous échapper, on retrouvera nos squelettes à la destruction du bâtiment, c'est moi qui vous le dis ! Je n'ai aucun sens pratique ! Aucun ! OK ?

Un silence de plomb s'installe. Tu m'étonnes. Se faire appeler le Chauve, il a pas dû apprécier.

On reste comme ça un bout de temps, sans parler.

Je vois bien qu'il est gêné.

— Désolé, pour tout à l'heure, j'ai dit un mot de trop, que je ne pensais pas. Je me suis mal exprimé, je voulais dire... laissez tomber.

C'est moi que ça emmerde, cette fois. Je commençais tout juste à m'endormir.

Et voilà que le bonhomme se met à m'expliquer son projet de centre commercial. Et je comprends très vite qu'il n'a pas du tout l'intention de remplacer le musée des Confluences par des chaînes de prêt-à-porter. Son projet est farfelu, certes, mais pas destructeur. Il veut réhabiliter une vieille usine au sud de Lyon, la dépolluer et rendre les bâtiments à énergie positive. Et dedans, il a l'intention de mettre des boutiques qu'on ne trouve pas ailleurs. Vu comme c'est parti, j'imagine d'abord ces putain de magasins bio, des fringues tout juste portables par des hippies et des profs de yoga, des graines germées, un centre de méditation, tout ça. Mais non ! Le gars est franchement un peu secoué sur les bords. Quand il parle de son centre commercial, c'est au sens propre. Un centre avec des magasins sur mesure, adaptés à ses goûts à lui. Ça donnerait une boutique Repetto et une école de danse (son rêve d'enfant), un concessionnaire Ferrari (j'ai peut-être enfin mis un nom sur la marque de sa voiture), un vendeur de chemises importées directement d'Hawaï (uni interdit, pas pour Joanna, ça), un sex-shop, un kebab qui proposerait des kebabs au caviar, un magasin de magnets et de boules à neige, une librairie spécialisée dans les livres sur les animaux, et d'autres enseignes à peine plus classiques.

— En fait, vous êtes poète, vous.

Je le pense. Ce gars, franchement, il m'étonne de plus en plus. Il y en a une qui m'étonne finalement de moins en moins, c'est Joanna. Elle m'a enfumée comme une bleue que je suis. Le projet de destruction du musée, c'était du grand n'importe quoi, mais pas inventé par le Chauve, inventé par cette grande gigue. Mais qu'est-ce qu'elle peut bien lui vouloir, à ce mec ?

16

Quand on parle du loup. On reconnaît vite le bruit de moteur, les pas dehors, le cliquetis de la serrure, le rituel pour qu'on ne puisse pas bouger, attachés. Comme si on allait... oui ben effectivement, à deux, on pourrait peut-être. Mais voilà, on ne se pose même plus la question.

Elle nous laisse un grand sac en papier avec des salades.

— Je dois vous parler.

Super. On va rester attachés un bout de temps.

— À vous, surtout.

Elle s'adresse à Hervé. Puis elle reste silencieuse. Je l'entends déglutir.

— Vous vous souvenez de Charlotte ?

Il la regarde en fronçant les sourcils.

— Charlotte... peut-être... Charlotte comment ?

La voix de Joanna devient chevrotante.

— Charlotte Sturl.

Hervé lui répond que ça lui dit quelque chose, mais vaguement, et elle se met à pleurer.

— Elle est morte.

Puis elle refait son rituel de détachement, et s'en va.

J'ai compris que dalle.

— C'est qui, cette Charlotte ?
— En toute honnêteté, j'avais oublié l'existence de cette fille. Mais ça m'est revenu quand Joanna a claqué la porte. Quand j'avais vingt-sept vingt-huit ans, on peut dire que je tombais les minettes. Je n'en suis pas fier, mais je les prenais à la limite de leur majorité, si possible dans des familles un peu aristos, c'était les meilleures, j'avais pas peur de le dire à l'époque. De la jeunette bien fraîche qui voulait s'encanailler. Je leur tournais autour, mais je les laissais toujours faire le premier pas, hein. Je vérifiais que les parents avaient des biens, des fois que je pourrais en toucher un bout, d'une façon ou d'une autre. La petite Charlotte faisait pas exception, la famille avait du terrain du côté de Megève et des immeubles à Ainay, elle était bien jolie, aussi. On a pris du bon temps, tous les deux, elle était plus que consentante, je précise au cas où. Là où on a merdé, c'est quand elle est tombée enceinte. J'avais pas franchement planifié ça, j'étais amoureux de Gilberte, mais j'ai été réglo. J'allais proposer de régulariser, mais elle n'a plus voulu me parler. Elle a envoyé son père qui m'a dit d'aller me faire voir chez les Grecs, que sa fille ne voulait plus entendre parler de moi, qu'ils s'occupaient de tout, IVG, tout ça. Ça m'a un peu ennuyé, mais j'avoue que j'étais plutôt soulagé. Je ne sais pas pourquoi Joanna me parle de cette Charlotte. C'est triste qu'elle soit morte. Elle doit avoir la quarantaine maintenant. Enfin... elle avait.

17

Je perds la notion du temps. Est-ce que Joanna passe tous les jours ? Plusieurs fois par jour ?

On dort. On se réveille.

Est-ce le matin ? Est-ce le soir ?

Est-ce que le temps passe si lentement que je transforme les heures en jours, et les journées en semaine ? Possible.

18

La porte s'est refermée sur cette pétasse de Joanna depuis au moins dix minutes. On a à peine eu le temps d'apercevoir un rai de soleil, puis un grand clac métallique, et puis le silence. Un silence froid et gris. C'est comme si le monde entier disparaissait.

Je lève la tête vers le Chauve et je crois bien voir des larmes sur ses joues. Je jurerais que ça brille un tout petit peu, juste en dessous de ses yeux. Pas sûr. Pas le genre de gars à se laisser aller. Mais bon, on sait jamais trop avec les bonshommes.

— J'en peux plus...

Et ben je croyais pas si bien dire, ça fait sa midinette. Je m'en vais donc jouer l'empathie...

— Moi non plus j'en peux plus...

Je suis d'accord sur le fait que c'est pas des réponses comme ça qui font avancer le schmilblick.

— J'en peux plus, j'en peux plus, j'en peux plus...

Comme quoi la captivité, ça fait vite tourner en rond. C'est comme de vivre avec quelqu'un, mais en accéléré. Dans une relation, il y a toujours un moment où on commence à se répéter. Et là, mon bonhomme il se répète jusqu'à s'en choper des crampes à la langue. Je tente la réflexion à voix haute, histoire qu'on s'emmerde un peu moins.

— Moi non plus, j'en peux plus d'être là-dedans. Je sais pas ce qu'elle cherche. C'est bizarre. Elle veut nous éliminer ou elle attend quelque chose ? Si elle avait l'intention de nous supprimer, elle s'y prendrait autrement, vous croyez pas ? Parce que jusqu'à maintenant, on n'est pas si mal lotis, non ? On n'est pas mal installés : matelas, couverture, nourriture, de l'eau, elle nous dorloterait presque...

— Je suis pas d'accord. La bouffe...

— Quoi la bouffe ? Elle pourrait nous refiler des conserves périmées, des rations militaires, des croquettes pour chiens, on pourrait se choper un scorbut ou un truc qui fait tomber les dents, alors que là c'est pas mal quand même : c'est frais, c'est léger, il y a tout ce qu'il faut, des fibres, des vitamines...

Pas moyen de terminer, le gars se met à hurler à m'en faire péter les tympans.

— J'en peux plus de ces putain de crudités de mes deux ! J'ai mal au ventre ! J'ai jamais autant rêvé d'un steak avec des frites ! Elle va nous tuer à petit feu si ça continue. Vous savez comment j'appelle ça ? Du sadisme. Oui Madame ! Du sadisme pur. C'est insidieux, c'est sournois, c'est machiavélique. Regardez-vous : vous êtes miraude, vous êtes en train de vous faire avoir, de croire qu'elle nous nourrit bien, alors qu'elle nous empoisonne lentement mais sûrement. Vous la sentez pas, vous, la différence ? Ça travaille, ça travaille là-dedans... Mon ventre, il est tout le temps gonflé...

J'ose pas lui dire que sa bedaine, il commençait déjà à l'avoir bien avant notre régime végétarien, je voudrais pas me prendre une torgnole par le molosse.

— Moi, j'ai l'impression qu'on a plutôt minci, tous les deux, vous trouvez pas ? Perso, je cracherais pas sur deux-trois kilos en moins, ça tombe pas si mal. Et puis là, on voit pas bien parce que la lumière est pas franchement vive, mais si ça se trouve, ça nous a fait un joli teint, les carottes râpées c'est bon pour ça, paraît-il.

Le gars ne répond pas. Il faut dire que mes arguments sont pas hyper convaincants. Un mec, ça mange de la bidoche et des féculents. Et puis j'avoue que je me ferais bien une pizza. Une quatre fromages blanche, sans sauce tomate, avec du chèvre et du bleu, une pâte bien épaisse, bien croustillante, et de l'huile piquante par-dessus. Si ça se trouve, on lui demande une pizza à Joanna et elle nous en apporte une. Chiche ? J'avise le Chauve. Ses épaules sont affaissées et il regarde par terre, entre ses genoux. Je ne sais même pas s'il regarde quoi que ce soit. Il a l'air ailleurs. Triste. Résigné. C'est pas bon, ça, résigné. On a besoin de niaque, si on veut s'en sortir.

— Une pizza... on pourrait demander une pizza à Joanna, du moment qu'il n'y a pas de viande ou de charcute dessus, genre une quatre fromages.

Je suis sûre que son visage s'est un peu illuminé. Mais il ne répond pas. Il faut que je secoue le bonhomme, c'est pas le moment de me faire une dépression ! J'ai besoin de lui pour nous sortir de là ! Sauf que j'ai aucune compétence en psychologie, moi, ça se saurait !

Bon, va falloir que je fasse tourner mes méninges pour deux : penser à l'évasion, et à la réanimation du mental du Chauve. Ça devrait pas être si difficile que ça. C'est un peu comme quand j'aide Lili-Parme à faire ses maths et qu'en même temps je réfléchis à ce que je vais mettre comme ingrédients dans mon gratin. Certes, la réalité ressemble plus souvent à envoyer bouler la gamine parce que comment veux-tu que je me souvienne de ce que j'ai fait en maths au collège, j'ai fait un bac littéraire moi, et à finir par sortir des cordons-bleus du congélo. J'avoue.

Voilà, ça fait déjà au moins cinq minutes que j'ai un légume qui s'affaisse en face de moi et que mon cerveau tourne en rond pour rien. J'ai pas d'idée. Je me dis qu'un cordon-bleu, j'en mangerais bien un aussi, avec une pizza. Mais le cordon-bleu, avec Joanna, même pas en rêve...

Perdue dans mes pensées pseudo-culinaires, je ne me rends pas tout de suite compte qu'il y a quelque chose. Un truc pas comme d'habitude, sur lequel je n'arrive pas à mettre le doigt. Le zouave relève la tête.

— Muriel, c'est quoi ça ? Vous entendez ?

Je me disais bien qu'il y avait quelque chose.

— Ce bruit... c'est la première fois ! D'habitude on n'entend rien d'autre que le vent dans le bardage, et là ça tape, non ? Ça tape et ça roule, on dirait. Muriel ! Il y a quelqu'un dehors !

Dans un même élan, comme si on nous télécommandait, on court en direction du bruit et on se met à crier :

— À l'aide ! Au secours ! Y'a quelqu'un ? Venez ! On est enfermés ! À l'aaaiiiide !

Le Chauve m'attrape le bras et me regarde en tendant l'oreille contre le métal, comme si le fait de tourner la tête allait améliorer son audition. Ridicule. Sauf que je fais exactement pareil. Mon pouls s'accélère, je sens les battements de mon cœur jusque dans mes tempes. Je suis essoufflée comme si je venais de piquer un sprint alors que je n'ai fait que trois mètres.

Il n'y a plus de bruit, dehors.

Comme si un seul cerveau commandait nos deux personnes, on se met à tambouriner, tambouriner, tambouriner. Comme des enragés. Comme si on pouvait défoncer cette putain de paroi métallique. Le bruit résonne dans ma tête. D'habitude j'aime le silence, mais ce bruit-là, il me fait du bien. Il est synonyme d'espoir.

19

— Hostias ! Ma rotoule ! Attendez-moi, non de non !

Comme s'ils étaient réglés à la seconde près, Anis et Théo tendent de concert leur jambe droite, fléchissent légèrement celle de devant. Le bord arrière de leur skate racle sur le bitume. Un déhanché plus tard, ils attrapent l'avant de la planche d'un geste sec et précis.

— On t'attend, Firmin, on t'attend...

— M'est avis que j'ai la rotoule coincée, mes p'tits gars.

— Bouge pas, j'arrive ! lui répond Théo.

Délaissant son skate-board, il rajuste sa mèche rousse et s'approche de Firmin.

— C'est le problème de la trottinette, Firmin, y faudrait que tu puisses alterner au lieu de pousser toujours avec ta jambe droite.

— Facile à dire... mais arrête de me faire poireauter et vas-y franchement, qu'on n'en parle plus !

L'ado au sweat à damiers place sa main gauche en travers de la cuisse de Firmin, celle de droite sur le genou, enfonce ses pouces et rapproche ses deux mains d'un coup sec. Un claquement presque imperceptible plus tard, Firmin sourit.

— T'as vu, je bronche même plus quand tu me le remets d'aplomb. C'est cool d'avoir des potes comme vous...

Les deux garçons échangent un regard amusé.

— Tu nous emmènes où, cette fois ? lance Anis. Tu nous refais pas le coup de la poésie japonaise, hein ? On est des skateurs, nous, pas des grenouilles de bénitier...

— Ça risque pas, mon grand ! Tu sais même pas ce que c'est, une grenouille de bénitier, rien à voir avec la choucroute, mon p'tit gars... Avance, au lieu de dire n'importe quoi !

Le trio improbable se laisse rouler sur la route déserte. De loin, on pourrait croire à un équipage venu d'une autre planète : deux adolescents cou en avant, bras ballants, aux vêtements informes, suivis par un personnage gringalet, béret sur le crâne, costume noir et cravate sombre, deux têtes de moins que ses acolytes et légèrement voûté, glissent au même rythme, comme sur des coussins d'air, l'assistance électrique de la trottinette expliquant la vitesse homogène du peloton.

Une dizaine de minutes plus tard, ils ralentissent.

— Ouaouh Firmin ! Là t'assures carrément, mon vieux ! C'est pas un petit machin que tu nous as dégotté, c'est un spot de malade, ça !

Face à eux, un grand bâtiment rectangulaire de tôle rouillée, orné de graffitis ratés sur le côté droit, flanqué d'un immense parking quadrillé de rampes métalliques. Alentour, pas un chat pour venir se plaindre du bruit et des nuisances. Le rêve.

— Allez-y, les garçons, faites-vous plaisir, vous avez le temps. Moi, je vais m'asseoir sur le bord, tranquillos, je vais me détendre...

Il les regarde en clignant de l'œil.

— T'exagères, Firmin, c'est pas sérieux ça, on reprend la route après, tu vas rouler tout de travers !

Ses rides du front horizontales se déforment pour former un sillon vertical sévère, ses joues deviennent rouges et gonflées.

— Oh, mes p'tits gars, vous allez pas commencer à me chauffer avec ça ! Si je traîne avec vous, c'est aussi pour qu'on me fasse pas la morale, vous allez pas vous y mettre ! Sinon je vous emmène plus nulle part ! Allez faire mumuse sur vos planches et fichez-moi la paix ! Allez !

Penauds, Anis et Théo laissent Firmin s'installer contre une barrière et sortir sa cigarette faite maison. Ils s'élancent sur le parking, d'abord pas trop vite afin de repérer les fissures et les crevasses. Toute une zone a miraculeusement été épargnée par le temps et semble plutôt lisse. Les deux garçons jubilent. C'est parti pour une séance de free-style, enchaînements de prises d'élan, de slaloms d'une rangée à l'autre, de sauts sur les rampes. Parfaites, pas trop hautes pour rester accessibles, pas trop basses pour constituer un défi à la mesure de leurs envies. Ils vont, ils viennent, tentent des figures synchronisées, continuent sans voir passer le temps alors que le ciel commence à s'obscurcir.

Pendant ce temps, Firmin savoure cet instant de détente, sa trottinette couchée à côté de lui. Il regarde pendant un bon moment les figures des garçons. Cela fait longtemps qu'il ne leur fait plus de remarques, il n'a vraiment plus rien à leur apprendre côté skate. Le bonheur, ça tient à pas grand-chose. Puis il observe le bâtiment. Rien n'indique à quoi il a pu servir, ce qui est sûr, c'est qu'il ne sert plus à rien. Des traces de rouille dégoulinent du toit, les lames métalliques sont voilées, les vitrages, tout en haut, sont recouverts de crasse et ne doivent plus laisser passer guère de lumière. Le bâtiment a même été abandonné par les graffeurs : ils auraient pu s'en donner à cœur joie, revenir et s'emparer de toute la surface pour créer des œuvres monumentales. Mais ils ont dû se dire que personne ne les verrait, que l'endroit est trop éloigné, ou qu'étant donné l'état du bâtiment, ils ne choqueraient personne.

Depuis quand est-il là ? Firmin est tiré de son sommeil par une sorte de grondement. Il ouvre les yeux et aperçoit les nuages noirs. Un peu désorienté, il se dégourdit les épaules, se gratte la tête et ramasse son béret tombé à terre.

— Les garçons, crie-t-il en remettant son couvre-chef en place, vous auriez pu me réveiller ! On va se prendre une saucée si on déguerpit pas tout de suite ! Dépêchez-vous !

Il n'a pas fini sa phrase que Théo et Anis sont à ses côtés et remettent sa trottinette debout. Ni une ni deux, le trio repart. Firmin se retourne une dernière fois vers le bâtiment.

— Vous avez p'tète raison, les garçons. La marie-jeanne, ça fait un tonnerre qui gronde bien bizarrement. On dirait comme des gens qui tambourinent. J'ai même cru que j'entendais quelqu'un crier.

Anis et Théo remontent sur leur skate, l'un à droite, l'autre à gauche de Firmin. Ce dernier se retourne vers l'édifice, fronce les sourcils, hausse les épaules et enfourche sa trottinette.

— Essaie la jambe gauche, Firmin, t'auras moins mal à ta rotoule !

— C'est pas bien de se moquer des personnes âgées, Théo.

— Désolé, Firmin, mais je vois aucune personne âgée ici, moi...

20

Peut-être que c'est pas très politiquement correct de dire ça, mais parfois, je dois avouer que le réchauffement climatique a du bon. On est en automne, on ne peut pas dire que ce hangar qui nous sert de prison soit certifié NF Habitat question isolation, sans parler du chauffage totalement inexistant, et pourtant la température est relativement clémente. Dire que l'on aurait pu tomber sur une année normale, avec un thermomètre quasi négatif... Je suis sûre que cette salope avait même carrément prévu de nous faire crever de froid. J'en ai des frissons...

Tout en haut du bâtiment, les espèces de meurtrières laissent passer quelques rayons de lumière. Une lumière triste et grise. Pas de quoi éteindre une dépression saisonnière, mais juste assez pour reprendre connaissance de notre environnement. On a quelques heures par jour pour essayer de trouver une solution. Un trou de souris, une porte dérobée, une scie circulaire, une clé à molette, une corne de brume, un haut-parleur, une sirène, un téléphone, une brigade de gendarmerie, un bulldozer, un hélicoptère... bref, le truc qui nous permettrait de nous échapper. Si j'avais su, j'aurais pris un pied-de-biche avec moi en partant l'autre jour, au lieu de mes escarpins rouges. Mais je pouvais pas savoir.

Mon coloc n'est pas très loquace, aujourd'hui.

— Hervé, vous avez sûrement plus le sens pratique que moi. Vous voyez rien, là autour, qui pourrait nous sortir d'ici ?

— C'est pas faute d'avoir cherché, ma p'tite dame. Je fais que ça, chercher ce qui pourrait nous sortir de là. On pourrait faire des cocottes en papier avec les vieux journaux... on pourrait même pas les faire cramer, on n'a pas de quoi allumer un feu...

— Vous savez, hier, j'aurais vraiment juré qu'il y avait des gens dehors. Et c'était pas Joanna. Ça veut dire qu'on n'est pas aussi isolés qu'on pourrait le croire.

— Ou ça veut dire qu'on a eu la seule visite de l'année, et que personne d'autre ne reviendra avant Noël, et d'ici là on sera soit congelés, soit rongés par les rats, soit bouffés par les vers...

— Vous avez déjà entendu parler de la pensée positive, Hervé ?

— Non, et je m'en tape le coquillard, de votre pensée positive ! Vous trouvez que c'est le moment de faire de la pensée positive ?

— Non, mais s'imaginer en train de crever, ça va pas non plus nous aider beaucoup. Si les gens qui sont venus se repointent, ou si d'autres gens passent par là, il faut absolument qu'on soit prêts à les alerter.

— Ils ne nous ont pas entendus tambouriner la dernière fois, ils ne nous entendront pas plus la prochaine fois... s'ils reviennent. On n'a que nos mains et nos cordes vocales pour se faire entendre, j'en ai bien peur...

Là, je suis inquiète. Le gars est en train de me faire une grosse déprime alors que j'ai hyper besoin de lui. Est-ce que ça vaudrait pas le coup de tenter une approche compatissante, plus productive ? En mode amitié virile ?

— Hervé, ça va pas fort, mon vieux. Un p'tit remontant ?

Le Chauve me regarde, l'air blasé.

— Parce que vous avez de la gnôle avec vous ? Vous auriez pas un pied-de-biche, pendant qu'on y est ? Sinon, on demande à la foldingue de nous en apporter un avec ses salades, tiens, un pied-de-biche dans la salade.

C'est fou, le hasard. À quelques minutes d'intervalle, on a pensé à la même chose. Incroyable. OK, le fait d'être enfermés dans un hangar sans échappatoire a peut-être aussi à voir avec nos pensées similaires. Aussi.

— On n'arrivera pas à sortir d'ici par la force. Joanna n'est pas idiote, elle a forcément tout prévu. Il faut qu'on réfléchisse autrement. Qu'on cherche plus loin. Différemment. Je suis sûre qu'on peut réussir à alerter des gens, d'une façon ou d'une autre.

— Ils n'ont rien entendu...

— Eh ben alors, cherchons comment ils pourraient nous entendre ! Avec quoi on pourrait fabriquer un porte-voix, par exemple ?

— Je vais encore vous décevoir. Voyez-vous, j'y connais pas grand-chose en acoustique...

— Les journaux...

— Des journaux en porte-voix ?

— Ben je sais pas, moi, mais si on n'essaie pas, on saura pas.

Je sais bien qu'il y a un dicton qui dit grosso modo la même chose, mais impossible de le retrouver.

— Qui ne tente rien n'a rien, c'est vrai...

Oui ben c'est bon, ma cervelle ne peut pas être en même temps au four et au moulin, OK ?

Hervé se lève vers la pile de journaux. Il prend celui du dessus et commence à l'effeuiller, puis dispose les rectangles de papier sale autour de lui. Il reste une minute les sourcils froncés. Je ne me risque pas à intervenir. Si je bouge, ou pire, si je parle, je vais rompre cette espèce de magie que je sens pénétrer le cerveau de mon codétenu.

Soudain, son front se déplisse, son corps tout entier se met en branle. Il rassemble les pages du journal en éventail sur le sol, comme s'il déposait un jeu de cartes géantes sur une table. D'un geste rapide et précis, il les fait rouler les unes sur les autres en leur donnant la forme d'un de ces emballages de bouquets de fleurs que l'on trouve sur les marchés. Ou de cornets de frites, mais avec un trou à la base. Mmmmh... des frites...

Puis il prend un deuxième journal, l'effeuille, dispose les pages en éventail comme pour le précédent, place son cornet de frites au milieu, fait rouler les feuilles autour du cornet de frites en les décalant légèrement, formant un cornet de frites un peu plus long et un peu plus large. Mon cœur s'emballe. Je sens qu'il va y arriver. Le génie créateur s'est emparé de lui. Il recommence avec un troisième journal, puis un quatrième...

Des gouttes de sueur dégoulinent de son front alors qu'il replie l'extrémité de son cornet géant. Dernière finition. Il lève le regard vers moi et sourit. L'objet, presque rigide, fait plus d'un mètre de long. Imbriquées les unes dans les autres, les feuilles ont l'air solidaires. Le garçon semble fier de lui. Comme quoi, rien de tel qu'une activité manuelle et créative pour faire passer la déprime d'une existence sans couleurs. Il reste quelques secondes sans rien dire. Admirative, j'observe le porte-voix. Allongé, légèrement conique, un peu irrégulier. Et je ne peux m'empêcher d'imaginer le machin dans une autre vie. Un troupeau d'éléphants assis en cercle autour d'un feu de camp, en train de se marrer. L'un d'eux vient de faire passer un joint astronomique en papier journal à son pote, qui tire une énorme taffe et souffle la fumée par sa trompe.

— Vous voulez essayer ?

Je sursaute, j'étais encore dans la savane.

— À vous l'honneur, c'est quand même vous qui l'avez construit, ce péta... ce porte-voix.

Lentement, il prend le... truc de ses deux mains, comme un objet précieux, et porte l'extrémité étroite à sa bouche. Le moment est grave. Cet enchevêtrement de journaux pourra-t-il vraiment faire office de porte-voix ?

— Héé hooo ! Hooo haaa !

Il m'interroge du regard.

— Allez vous mettre au fond, je vais à l'autre bout. Je ne me rends pas bien compte de la différence, là.

Nos pas résonnent dans le vide métallique. Plusieurs dizaines de mètres nous séparent. Je lui crie :

— Allez-y !
— Muuuu Riiiiii Eeeeellll ! C'est comment ?
— Refaites-le sans votre engin, maintenant !
— Muuuu Riiiiii Eeeeellll ! Vous entendez moins bien, non ?

On est mal.

J'ai beau essayer de me convaincre que c'est mieux avec, je ne vois aucune différence. Va falloir que je lui dise.

Je reviens vers notre « coin » ; lui aussi.

— Alors ?, me dit-il, les yeux pleins d'espoir.

Je ne lui réponds pas tout de suite. Son visage s'affaisse. Pas besoin de lui expliquer. Je lui tape sur le bras. Il esquisse un faible sourire. Décidément, le coup de l'amitié virile, ça marche pas si mal.

— Bah tant pis, au moins on aura essayé... dit-il en haussant les épaules.

Dans ma gorge, une petite boule se forme. L'idée était saugrenue, mais j'y ai cru. Je nous imaginais crier dans le pétard géant, puis entendre le moteur de l'hélico, et voir débarquer un soldat brun au regard océan et au sourire ultrabrite, le GIGN, la cavalerie, et Bruce Willis, non, Daniel Craig, me prendre dans ses biceps énormes et me rouler une grosse pelle...

Des larmes se forment au bord de mes yeux. Elles débordent et coulent le long de mes joues. Je regarde ce qui aurait pu nous servir de porte-voix. Les mots imprimés se mélangent, deviennent troubles à travers le rideau de mes larmes. J'essaie quand même de les lire, histoire de diriger mes pensées vers autre chose.

Tout le monde peut réussir nos énigmes... Une prison de haute sécurité... discrétion... le chou-fleur, le nouvel aliment santé... vieux vêtements... un trafic... envoyer une lettre... les malfaiteurs pris la main dans le sac... la mercerie va fermer... fou... la maison du gardien... un scénario ancré dans l'histoire de la ville... le facteur sonne toujours deux fois... festival de la correspondance... promo deux gigots achetés, le troisième offert...

Le facteur ! Envoyer une lettre !

Je crie à m'en faire péter les cordes vocales

— Hervé ! J'ai une idée ! Hervé ! J'ai une idée ! J'ai une idée ! J'ai une idée ! Her...

— Oui, donc, vous avez une idée ?

— On va écrire une lettre !

— Mais encore ?

— On. Va. Écrire. Une lettre !

— Bien sûr ! Avec le crayon qu'on n'a pas, et on va la mettre dans une petite enveloppe bien virtuelle, on va lui dessiner un beau timbre avec le crayon qu'on n'a toujours pas, et on va aller la glisser dans la jolie boîte aux lettres jaune de la Poste, ou on va gentiment demander à ce facteur qui passe tous les jours, c'est bien connu, de la poster à notre place ! Mais bien sûr !

— Mais non ! On va faire une lettre avec des mots qu'on va prendre dans les journaux ! Et on va la glisser sous la porte dès qu'on entendra quelqu'un arriver !

— Et si Joanna s'aperçoit de ce qu'on fabrique ?

— Mais elle ne verra rien d'autre qu'une pile de journaux !

— Et si la feuille s'envole ?

— C'est là qu'elle est, mon idée géniale ! Des lettres, on en fait plusieurs ! On en fait plein ! Et on les glisse les unes après les autres dans la fente sous la porte ! Un bout de papier journal, ils ne le remarqueront certainement pas, mais plusieurs qui arrivent à intervalles réguliers, et avec un peu de chance il y aura du vent, et ils les verront s'envoler ! Hervé ! Hervé, dites-moi que c'est une bonne idée ! Ça peut marcher ! On doit essayer !

Il a beau mettre ses sourcils en accent circonflexe, je vois bien qu'il est séduit par mon idée. Il hésite, secoue un peu la tête.

— Allez, qui ne tente rien n'a rien.

C'est exactement ce que je voulais dire.

Fébriles, nous nous saisissons des journaux.

— Je suggère que l'on cherche des mots en rapport avec libérer, délivrer (et là une chanson bien pourrie me revient en tête), prisonnier, à l'aide...

— Oui, cherchons dans les champs sémantiques.

Il m'énerve avec son vocabulaire, mais on s'y met, pleins d'un nouvel entrain.

21

Son smoothie kiwi-concombre posé sur l'accoudoir du canapé, Joanna décroise ses jambes et remue ses orteils vermillon.

« Pourquoi... Qu'est-ce que j'ai loupé pour qu'elle ne rentre pas dans ma combine ? Ça paraissait si simple. Plan huilé, tout prévu. Il faut que j'assume, maintenant. De toute façon, j'ai décidé. Et alors, qu'est-ce qui me prend ? Elle est idiote, il est abject, tout devrait être facile. Plus j'attends, plus j'ai du mal à passer à l'action. Est-ce que les psys sont tenus au secret professionnel ? Dans tous les cas ? Fadasse, ce breuvage... peut-être qu'avec un peu de Tabasco... Et je me soucie même de leur alimentation, ça ne tourne pas rond là-dedans... Joanna ! Du nerf ! Ça paraissait si facile... »

Elle se lève, baisse les stores en jetant un regard sur les quais du Rhône. L'eau est noire, les reflets des immeubles déformés par le courant scintillent dans la nuit comme un kaléidoscope.

« Il faudra que je pense à rappeler le laveur de vitres... »

22

Joanna vient nous voir tous les jours. J'ai cette sensation bizarre qu'on est là depuis plusieurs semaines, mais ça doit pas faire plus de trois-quatre jours. Elle nous apporte surtout à manger. Elle nous traite pas si mal. Je m'entends plutôt bien avec Hervé. J'ai toujours eu tendance à être pote avec les mauvaises personnes, même si je m'en suis finalement pas si mal sortie. Je veux dire, c'est sûr que j'ai pas fait une carrière de malade. Mais j'ai pas mal tourné, au moins. Pourquoi je pense à ça ? Je commence à m'habituer à ma captivité. Je n'arrive pas à en vouloir à Joanna. Il me semble que ça s'appelle le syndrome de Stockholm. De s'attacher à ses ravisseurs. Faudra que je retrouve pourquoi Stockholm. Enfin, s'attacher. Je m'attache plus à Hervé qu'à Joanna. Attention, je m'attache en tout bien tout honneur.

La musique me manque. Juste écouter la radio, même avec les pubs qui entrecoupent les chansons. Même quand c'est pas une chanson que j'aime qui passe. Même quand les enfants ont pris le pouvoir dans la voiture, qu'ils mettent leurs stations que j'aime carrément pas. J'ai beau essayer d'être ouverte, de me dire que quand j'avais leur âge, mes parents aussi avaient décrété que j'écoutais de la mauvaise musique, c'est peut-être inexorable, les parents trouvent toujours que leurs ados écoutent de la cochonnerie. Sauf que plusieurs années plus tard, quand on retombe par hasard sur la chanson qu'on se passait en boucle, on émet l'hypothèse que les parents n'avaient peut-être pas tort. Et puis il y a cette musique qu'on ne trouvait pas mieux que les autres, qu'on écoutait quand même un peu, et qui nous rend tout guilleret quinze ans après, on sait pas pourquoi. Qu'est-ce que je donnerais pour un petit poste de radio... Peut-être que je peux éventuellement en demander un à Joanna.

Le Chauve, il est vraiment chauve. Sa barbe a bien poussé, d'ailleurs ça lui ferait pas de mal de la tailler, bien sûr c'est impossible, par contre son crâne, il est toujours aussi lisse et brillant. Enfin, quand il y a un peu de lumière qui arrive dessus.

Je ne l'ai pas entendue approcher. Comment elle s'est retrouvée là, depuis quand ? Je perds peut-être la boule. Toujours est-il qu'elle est ici. Il y a un truc différent, aujourd'hui. Elle n'a pas son habituelle attitude hautaine. Elle n'a pas apporté ses habituelles salades. À la place, elle tient une feuille de papier. Elle a l'air calme, elle essaie de se maîtriser, mais je vois bien qu'elle tremble un peu.

Le Chauve ne bouge pas non plus, il la regarde sans sourciller pendant qu'elle nous attache. Elle ne serre pas et on peut se déplacer dans un rayon d'un mètre. Joanna prend une grande inspiration :

— Bon, voilà, cela fait plusieurs jours que je vous tiens enfermés ici tous les deux, et aucun d'entre vous n'a l'air de comprendre... je crois que je vous dois quelques explications.

Ni Hervé ni moi ne répondons.

— Hervé... vous ne savez vraiment pas pourquoi vous êtes là ?

— À votre avis ?

— Charlotte Sturl, vous l'avez oubliée ?

— Qu'est-ce que vous avez avec Charlotte Sturl, bon sang ?

— Elle s'est suicidée. À cause de vous.

— Vous m'avez déjà dit qu'elle était morte, je suis absolument désolé, le suicide, c'est moche, c'est triste, mais la dernière fois que je l'ai vue c'était dans les années quatre-vingt-dix, donc je ne vois pas en quoi je suis responsable de son suicide. Et d'abord, qu'est-ce que vous avez à me parler d'elle ? C'est juste une fille avec qui j'ai fricoté il y a longtemps. Je ne vois pas en quoi ça vous intéresse.

— C'était ma mère. Je suis née le 20 juin 1995. Vous vous souvenez quand vous avez fricoté avec elle ?

Là, je vois Hervé écarquiller les yeux, sa bouche s'ouvrir comme un poisson, ses épaules s'affaisser, son visage devenir blême. Il chancelle, ses jambes tremblent. Tu m'étonnes. Mon esprit de déduction a fait ni une, ni deux. M'est avis que j'ai devant moi le père et la fille. Du coup, je m'interroge sur les motivations de Joanna.

Hervé fronce les sourcils et relève la tête.

— Je ne sais pas ce que vous essayez d'insinuer, jeune demoiselle, j'ai eu une relation avec Charlotte Sturl, elle est même tombée enceinte, mais elle a dû recommencer avec un autre juste après parce qu'elle a avorté. Et elle ne m'a plus donné aucune nouvelle, d'ailleurs.

— Sale mythomane ! Qu'est-ce qui vous permet de dire ça ? Salir la mémoire de ma mère ! Vous êtes une ordure !

— Vous savez ce que je crois, moi ? Je crois que vous et moi, on n'a pas les mêmes informations. Alors vous allez vous calmer un coup, et vous allez tout me dire en commençant par le début, et ensuite, moi, je vais vous donner ma version des faits. Ça vous va ? Si ça ne vous va pas, c'est pareil, en passant...

Joanna déglutit en regardant le papier qu'elle a dans les mains.

Elle ne dit rien pendant un temps hyper long. J'ai l'impression de gêner, je ne sais plus où me mettre, mais je me mettrais où, aussi ? Pas le choix d'être le témoin indiscret d'une affaire familiale qui m'a l'air plutôt glauque, rapport aux éléments en ma possession en ce moment.

Elle remplit ses poumons.

— Je suis née le 20 juin 1995 à l'Hôtel-Dieu, à Lyon. Sous X. J'ai été adoptée à ma naissance par Boris Popov et Yasmina Lambert. J'ai eu une enfance très heureuse, ils ne m'ont jamais caché mon adoption, m'ont donné beaucoup d'amour, une bonne éducation, tout ce qu'il faut. Le jour de mes vingt ans, ils m'ont remis une lettre de ma mère biologique. Le plus simple, c'est que je vous la lise.

Elle prend le fameux papier et se racle la gorge.
« À ma fille,

Lorsque tu liras cette lettre, tu penseras peut-être que vingt ans, c'est bien trop tard. Je n'en sais rien. Tu seras plus âgée que moi aujourd'hui.

Cette lettre, je ne voulais pas l'écrire. Mais depuis les premières contractions, j'ai changé d'avis. Tu voudras connaître tes origines. Je te dois au moins ça.

Ton père, d'abord. Il s'appelle Hervé Lanœuf, n'essaie pas de le voir. Il m'a séduite dans le seul but d'approcher mon père et d'acquérir les terrains de ma famille à bas prix. Je me moquais bien de ses activités illégales, moi. Mais lorsque je lui ai annoncé que j'étais enceinte, il a disparu. Je suis naïve, il a dix ans de plus que moi, j'y ai vraiment cru. Il a juste appelé mon père pour lui dire qu'il ne voulait plus entendre parler de moi. »

Je bondis face à un Hervé dont la mâchoire est descendue au niveau des chevilles :

— Mais vous êtes un putain d'enfoiré de mes deux !

— Du calme, du calme, la mère parfaite ! C'est n'importe quoi, cette histoire !

Joanna réplique :

— Laissez-moi continuer. Vous me donnerez votre version après, puisque j'imagine que vous en avez inventé une autre.

Il ne répond pas, mais un voile de tristesse s'est abattu sur ses yeux.

« Dans ma famille, l'avortement, c'est tabou, et puis je me disais qu'avec toi, ça irait mieux. Mais mon père s'est renseigné sur Hervé. Un escroc international. Ne cherche pas à entrer en contact avec lui, c'est un homme dangereux. Il n'en serait pas à son premier abandon de femme enceinte. Mon père en a trouvé une, peut-être que tu peux chercher du côté d'une certaine Brigitte Glup dans les années quatre-vingt. »

Hervé écarquille les yeux :

— La sœur de ma concierge ? Mais c'est n'importe quoi ! Jamais engrossée, celle-là !

Je tombe à genoux. Littéralement, je veux dire. Aucun son ne peut sortir de ma bouche.

Brigitte Glup... c'est ma mère.

Je commence à entrevoir pourquoi Joanna a jeté son dévolu sur moi. Pourquoi elle s'imaginait que j'allais rentrer dans sa combine. Mais aussi pourquoi elle m'a traitée avec pas mal d'égards. Je la regarde autrement, interloquée. Elle reprend sa lecture comme si de rien n'était.

« Voilà, tu sais tout. Je suis désespérée. Je viens de sentir les premières contractions. J'ai décidé que tu serais mieux auprès de parents aimants que d'une fille-mère dépressive... ou qu'auprès de tes grands-parents, ce n'est pas une vie. Tu vas naître. Ensuite, je vais mourir. Je m'appelle Charlotte Sturl. Je te souhaite une belle vie, ma fille. »

Silence de plomb. Joanna éclate en sanglots. Normal qu'elle soit remontée, la pauvre. Le Chauve m'aurait-il menti ?

Je me tourne vers lui. Il transpire à grosses gouttes et son visage est tout cramoisi.

— L'enfoiré ! Le putain d'enfoiré ! Le putain d'enfoiré de mes deux !

Joanna lève ses yeux rougis et pleins de haine vers son père. Sa voix est glaciale. Elle sort un document imprimé recto verso.

— Je vais te tuer. Mais avant, tu vas signer ça. Reconnaissance de paternité. Tu m'as pris ma mère, je vais prendre ton fric.

Et là, je viens de comprendre pourquoi elle ne l'a pas éliminé illico après l'avoir maîtrisé.

— Joanna, je suis désolé... je veux dire, je ne savais pas... ma fille... j'ai une fille... une fille à moi... pas possible...

Il se reprend.

— Évidemment tu me détestes. Ta maman... ta pauvre maman.

Elle hurle !

— Tu as tué ma mère !

— Non Joanna, je n'ai pas tué ta mère, c'est elle qui s'est donné la mort...

— À cause de toi !

— Non Joanna, laisse-moi te donner ma version. Laisse-moi t'expliquer. S'il te plaît. C'est important. Tu dois savoir. Lorsque ta mère m'a dit qu'elle était enceinte, il m'a fallu quelques jours pour réfléchir. J'aurais dû aller la voir tout de suite. Mais quand même, c'est une nouvelle perturbante d'apprendre une grossesse, non ? On ne se précipite pas pour prendre des décisions aussi importantes, tu ne crois pas ? J'ai réfléchi pendant de longues journées. Charlotte, je l'aimais bien, mais mon cœur était ailleurs, un amour qui n'était, hélas, pas partagé. Pourtant, j'ai décidé de faire face à mes responsabilités. J'allais discuter avec Charlotte de ce qu'elle voulait faire. Si garder le bébé était son souhait, je l'accompagnerais en tant que père, avec ou sans elle. Sinon, je l'aurais accompagnée aussi. J'ai donc appelé chez elle (les portables n'étaient pas très répandus, à l'époque). Je suis tombé sur son père. Yves Sturl, ton grand-père biologique. Il était très froid, je me souviens. Il savait. Je lui ai dit que je prendrais mes responsabilités, quelles qu'elles soient. Je lui ai même dit que j'aimais sa fille. Il n'y est pas allé par quatre chemins. « Ne t'avise plus d'approcher ma fille si tu tiens à la vie. Elle a avorté hier. Elle ne veut plus entendre parler de toi. » Il a raccroché. Quand tu as dit qu'elle était morte, l'autre jour, j'ai cru qu'elle venait de mourir. Tu dois me croire, je n'ai pas su qu'elle s'était suicidée. Je n'ai jamais eu connaissance de ton existence.

Ça commence à puer le pathos, je me sens carrément de trop. Les retrouvailles père-fille prennent une couleur guimauve. Je le vois bien à la tête de Joanna, à son air dubitatif. Elle est en train de basculer. Je vois pas comment caser la question qui me taraude depuis tout à l'heure, concernant le Chauve et ma mère. Rien que d'y penser, ça me dégoûte. Déjà que j'ai du mal à imaginer que mes parents aient eu des rapports sexuels dans un autre but que celui de me concevoir, c'est-à-dire plus d'une fois dans leur vie. Je sais, je suis grande, mais c'est juste impossible de visualiser ça. Beurk. Alors ma mère avec un autre, ça va pas la tête ? Je tente quand même une intervention.

— Et euh désolée d'intervenir, mais vous avez couché avec Brigitte Glup ou pas ?

Il soulève un sourcil et prend un air blasé :

— Qu'est-ce que ça peut vous faire ? Si vous voulez savoir, elle était tout le temps fourrée chez sa sœur, qui se trouvait être ma concierge. Disons qu'on a eu des rapports de nature sexuelle... Mais je vois pas en quoi ça vous intéresse.

Là-dessus je veux parler, mais c'est Joanna qui s'y met et qui devient hystérique :

— C'est bien ce que je disais ! Tout est vrai dans la lettre de ma mère ! Muriel, on est demi-sœurs ! Tu croyais vraiment que je t'avais recrutée pour tes compétences ?

Je n'en mène pas large. Mais alors pas du tout. Toutes mes certitudes s'ébranlent. Le Chauve hoche la tête.

— Alors on va tout de suite se calmer, les filles. Je vais vite refermer la parenthèse Brigitte Glup. Et d'une, je l'ai fréquentée en 1990. Je m'en souviens bien, parce que c'est après avoir rencontré la femme de ma vie qui ne m'aimait pas. Et sauf votre respect, notre Muriel ici présente devait commencer à avoir les seins qui poussent quand j'ai fréquenté sa mère. Et de deux, je n'ai pas pu la mettre enceinte.

Mon cœur se met à battre. Je repense à ma mère qui allait voir tante Nicole tous les jeudis. Elle était toujours décoiffée en revenant. Oh mon dieu... pas maman. Le sexe ne peut pas intéresser maman. Pas ça, pas elle. Joanna s'y remet.

— Pas pu la mettre enceinte... mais qu'est-ce que vous en savez, hein ? Les préservatifs, ça peut craquer ! Je vous accorde que chronologiquement, le résultat ne peut pas être Muriel. Mais la mettre enceinte et la laisser se démerder toute seule, qu'est-ce qui me dit que vous ne l'auriez pas fait ?

Le Chauve me regarde d'un air gêné. Je suis pas sûre de vouloir entendre la suite. Il reprend et j'ai envie de me boucher les oreilles, mais aussi de savoir.

— Avec la Brigitte, on faisait un échange de bons procédés. Elle me suppliait toujours pour que je lui fasse faire un tour en Ferrari décapotable. Moi, j'étais gentil, je voulais bien l'emmener rouler sans contrepartie. Ça se voit pas comme ça, mais j'aime bien faire plaisir. Sauf que la Brigitte était tellement convaincue que je n'aurais jamais été d'accord… que…

On dirait qu'il ne veut pas continuer, et là j'enfonce le clou, je sais pas pourquoi :

— Que quoi ?

Jamais j'aurais dû la poser, cette question. Il évite mon regard.

— C'était un tour de bagnole en échange d'une gâterie. Un tour, une p'tite pipe. Une p'tite pipe, un tour. Il y a des jours, elle avait droit à deux tours, tellement elle y mettait du sien.

Quand je rouvre les yeux, je suis couchée par terre et Joanna me donne des claques.

— C'est bon, arrête de t'acharner, je suis réveillée, bordel !

Elle se relève et nous détache. Son regard a l'air ailleurs pendant qu'elle braque son arme sur nous, comme à chaque entrée et sortie.

— Cette fois, quoi qu'il en soit, je vous annonce que vous n'êtes plus là pour très longtemps.

La porte claque et je n'en mène pas large.

Avec Hervé, on s'observe en chiens de faïence pendant un bon quart d'heure sans rien dire. Qu'est-ce qu'on pourrait se dire, maintenant ? Et puis nos langues se délient. Il n'en revient toujours pas d'apprendre qu'il est papa. On est muets sur le sujet de ma mère, ça m'arrange. Sur la mère de Joanna, je le crois. On passe une heure, deux heures, je ne sais pas trop, à parler, parler, parler. On oublie presque Joanna. Je ne sais pas trop à quel moment, mais on finit par s'endormir. Les émotions, ça épuise.

23

— Allez Firmin, s'te plaît, on y retourne !

Anis et Théo trépignent.

— Allez Firmin, viens ! Toi aussi, t'as kiffé là-bas, si tu veux on ira moins vite. On t'attendra. Et puis on peut aller pique-niquer, ça serait cool, ça ! Je demande à mon daron de nous faire une salade composée avec des couverts en plastique, une petite nappe à carreaux, et hop ! Une virée aux champs !

— C'est parce que l'herbe pousse au milieu du parking que t'appelles ça les champs ? Vous préférez pas plutôt qu'on passe d'abord au McDo ou au tacos ? Je vous invite... Tu m'emmerdes de plus en plus avec tes croudités, Anis !

— C'est pour toi, Firmin, moi je m'en fous, mais je te jure, tu m'inquiètes à bouffer que des cochonneries ! On peut pas se nourrir que de pizzas, burgers et tacos ! T'as pas mal au bide ?

— Ce qui me fait mal au bide, moi, c'est les croudités. En plus c'est de la vraie saloperie, avec tous les pesticides qu'ils mettent, c'est même pas bon à la santé. Le pire, c'est les fruits.

— Ah ben t'es tranquille alors ! J'aimerais savoir depuis quand t'as pas vu la queue d'une pomme.

Une demi-heure plus tard, le trio roule sur la petite départementale. Casquettes pour les skateurs, béret pour Firmin. Le sac à dos de Théo, décoré au marqueur de signes cabalistiques, laisse s'échapper les effluves acides du pain industriel mélangés à l'huile de friture réutilisée. Comme d'habitude, le doyen a eu le dernier mot sur la composition du repas.

Ils sont seuls sur la route. Même pas une voiture, une mobylette pour les dépasser. Depuis qu'ils ont construit la déviation, plus personne n'emprunte ce chemin. Ils ont tout le loisir d'admirer les restes d'un champ de maïs à gauche, et à droite ce qui a dû représenter, un jour, un projet de lotissement trop ambitieux, abandonné avant la fin du terrassement. Les feuilles dorées s'accrochent encore aux arbres, comme les températures estivales à cet automne d'une douceur inquiétante.

Passé la dernière ligne droite, ils reconnaissent le hangar désaffecté et le parking idéal. Les deux garçons frissonnent de plaisir. Ils n'en ont pas parlé à la bande du skate park. Trop bien, songent-ils, de garder l'endroit juste pour eux, secret, presque privé. Une fois qu'ils l'auront apprivoisé, peut-être qu'ils en parleront. Comme ils maîtriseront chaque rampe, ils pourront alors rouler des mécaniques devant les autres qui en seront encore au stade de découverte du lieu. Pour l'instant, ils savourent le privilège de l'exclusivité.

— Les garçons ! Avant de faire vos acrobaties, je vous propose qu'on déguste notre petit festin.

Firmin a les yeux qui brillent. Il a beau connaître tous les hamburgers de chez McDo, il a plus d'impatience devant son sachet en kraft qu'un enfant de cinq ans quand il ouvre sa boîte de Happy Meal. Comme si une nouvelle surprise allait s'y trouver. Anis et Théo délaissent volontiers leur skate pour rejoindre leur mentor. Ils aiment se retrouver avec lui. Ils ont soif du savoir qu'il leur dispense, des expériences insolites qu'il leur fait vivre. Et à la fois, ils ont cette impression étrange d'être responsables de lui. Comme un enfant qu'il faut surveiller, à qui il faut apprendre à se comporter. Certes, ils savent bien, au fond, que Firmin se débrouillerait parfaitement sans eux. Mais ils ont conscience de ce que cet équilibre fragile leur apporte à tous. Ils laissent leur skate à côté de la trottinette électrique et viennent s'asseoir avec lui contre le bardage rouillé du hangar.

— La dernière fois on était en plein vent sur le parking. On va être pas mal...

Dans un silence religieux, ils ouvrent les sacs en papier, déballent leurs sachets et mordent à pleines dents dans les hamburgers encore presque chauds.

24

— Putain, Hervé, je viens de rêver que je mangeais un hamburger. Avec du fromage fondu et des cornichons. C'était une tuerie...

— Mmmh... ben moi, ma sieste, elle n'était pas terminée, figurez-vous. Je ne vous dirai pas de quoi je rêvais, mais bon sang, c'est une manie, chez vous, d'empêcher les autres de dormir ? Vous savez bien que j'avais du sommeil en retard à cause du foutu vent de cette nuit ! Merde alors !

— C'est la première fois que je vous entends jurer, Hervé, m'est avis que vous vous laissez aller. C'est pas bien, ça...

— Je me rendors et vous ne parlez plus, je vous en conjure !

— OK, OK... mais quand même, un hamburger bien moelleux, ça serait pas mal, hein, avouez... avec des frites et du ketchup-mayo, et puis un bon vieux sundae caramel avec des petites pépites d'arachide pour le croquant, la crème glacée pour la douceur et la fraîcheur, la sauce au caramel pour le sucré...

— Vous parlez d'un plat industriel fast-food, là ? Parce qu'à vous entendre, on se croirait à Top Chef...

— Vous voyez bien, vous aussi, ça vous fait envie !

— Ça ne me fait pas envie ! Vous m'avez réveillé ! Je n'ai pas d'autre choix que de participer à votre conversation passionnante, c'est tout ! Mais qu'est-ce que vous pouvez être insupportable, vous vous en rendez compte, au moins ?

— Si de dire qu'on a envie d'un hamburger, c'est être insupportable, eh ben vous êtes pas bien tolérant à ce que je constate. Avouez, ça vous titille les neurones du plaisir !

— Je ne cracherais pas sur une pizza au chorizo, certes. Un hamburger... c'est pas ma tasse de thé, mais ça ou les crudités de Joanna, tout bien considéré... pourquoi pas ? Et maintenant que vous le dites, c'est fou le pouvoir de la pensée sur le corps : j'ai l'impression qu'il y a comme une odeur de hamburger.

— Pas faux... Moi aussi, mon cerveau fait croire à mon nez qu'on n'est pas loin d'un McDo.

Je le connais bien, ce mélange de graillon, de cornichons aigre-doux, d'ersatz de cheddar fondu, et peut-être même aussi de bacon. Le pouvoir de la pensée...

Le pouvoir de la pensée, mon cul, oui !

— Putain ! Hervé ! C'est pas mon cerveau !

— C'est bien que vous reconnaissiez que votre cerveau ne vous...

— Hervé, je déconne pas ! Ça sent vraiment le hamburger ! Pour de vrai ! Il y a un putain de hamburger dans les parages ou je m'appelle Bernadette Soubirou ! Et qui dit hamburger dit quoi, Hervé ?

Il me refait le coup du gars blasé, avec ses yeux de teckel ensommeillé.

— Ben... je sais pas moi... qui dit hamburger dit frites ? C'est un nouveau jeu ?

— Qui dit hamburger dit gens !

— Dijon ? Ils mettent pas plutôt cette saleté de moutarde sucrée dedans ?

— J'ai dit gens, pas jon ! Mais vous êtes con ou vous le faites exprès ? Qui. Dit. Hamburger. Dit. Gens. Gens ! G. E. N. S. ! Des bonshommes, quoi ! Il y a quelqu'un pas loin en train de bouffer ! Les journaux, vite !

Le regard de mon gars s'éclaire enfin. On se lève tous les deux vers notre pile de journaux. On a soigneusement camouflé nos lettres au milieu des journaux normaux pour que Joanna n'y voie que du feu, et ça a marché. Sauf que maintenant, va falloir les retrouver : des journaux recollés parmi les journaux découpés et ceux restés entiers. Mes mains tremblent, mes tempes battent la mesure comme une grosse caisse, et je ne peux m'empêcher de mordiller ma lèvre inférieure avec mes incisives. Tout se joue peut-être à cet instant précis.

Il nous faut peu de temps pour remettre la main dessus.

On doit trouver d'où vient l'odeur.

Je lève le menton, comme si le fait de positionner mes narines à l'horizontale allait décupler mes capacités olfactives. Je suis en mode chien de chasse, manquerait plus que je me mette à trottiner à quatre pattes en laissant pendre ma langue.

— C'est par là ! Ils ont aussi des frites !

Je montre le mur ouest à Hervé et on s'y dirige dare-dare.

On s'accroupit en même temps et on se regarde. Pas besoin de se parler. Nos gestes sont coordonnés. On prend chacun une feuille et on la glisse, l'une après l'autre, sous la fente de quelques millimètres. Puis on recommence. Trois feuilles, quatre feuilles, cinq feuilles... Mes mains sont moites.

C'est là que j'entends une voix à l'accent étrange.

— Putain, c'est quoi ces journaux qui s'envolent pendant notre ritouel McDo ?

25

Juste après, on entend un énorme grincement, un gros craquement, comme de la tôle qu'on plie. C'est drôle, ça, comme j'ai jamais entendu de la tôle pliée et comme je sais tout de suite que ce que j'entends, c'est de la tôle pliée. Peut-être que j'ai déjà vu ça quelque part, en fait. Ça fait un boucan de malade, ça résonne dans mes oreilles. Hervé se rapproche de moi et m'agrippe le bras. En réalité, mon bras, il le broie. Mais je m'en fous, j'ai même pas mal. On se rend bien compte, tous les deux, que notre vie est une fois de plus en train de basculer. Moi, j'ai peur, j'ai un doute, j'ai une vision de Joanna, sur un bulldozer avec de grosses lunettes en forme d'yeux de mouche (qu'on ne me demande pas pourquoi), qui nous fonce dessus et nous écrabouille, et son rire sardonique résonne dans le hangar et couvre le glouglou de nos boyaux qui se vident.

Mais en fait, non.

La serrure finit par céder, puis la porte s'entrebâille et trois têtes étranges nous observent. Le premier que je distingue, c'est un adolescent au visage couvert d'acné juvénile (le pauvre, il doit en baver, j'étais comme lui à son âge, aucun traitement ne venait à bout de cette saloperie qui a sacrément retardé le moment de mon premier baiser) et à la chevelure rousse et mal coupée. Un autre garçon, quinze à dix-huit ans comme son copain, la peau foncée, les cheveux noirs rasés sur les côtés et en brosse sur le sommet du crâne, les yeux écarquillés, ouvre sa bouche comme une espèce de gros poisson globuleux. Les deux nous regardent comme s'ils avaient découvert une armée d'extraterrestres. La troisième tête ne colle pas avec les deux autres. L'homme doit avoir dans les quatre-vingts ans, même de loin je devine les dizaines de sillons qui dessinent des vagues sur son visage. Ses yeux sont petits, un peu plissés mais je ne les vois pas bien, dans l'ombre de son béret. Sa bouche, à lui, est fermée et il sourit d'un air entendu, comme s'il était fier de leur découverte, peut-être même comme s'il savait déjà sur quoi ils allaient tomber.

Hervé relâche mon bras, je suis soulagée parce que je crois que ma main n'était plus du tout irriguée. Je respire, l'espace d'une seconde, et soudain il me soulève par les aisselles, mes pieds quittent le sol et il me fait tournoyer comme les petits enfants pour les faire rigoler.

— Ça va comment, là-dedans, vous avez besoin d'aide ?, lance le papy avec un accent du sud, peut-être même d'Espagne ou du Portugal, je ne sais pas trop.

Évidemment, Hervé me laisse retomber sans m'avertir et je me vautre comme un mollusque. Nos trois sauveteurs entrent dans l'entrepôt et détaillent ce qui nous a servi de logement pendant plusieurs jours. Combien ? Je suis absolument incapable d'évaluer le temps qu'on vient de passer ici. Les deux jeunes ne disent rien. Ils ont encore la bouche ouverte, je dirais même plutôt la mâchoire inférieure qui pend, et les yeux toujours aussi écarquillés. Je crois qu'ils n'en reviennent pas. Normal, j'en mènerais pas tellement plus large, à leur place.

C'est étrange. Je ne bouge pas. Je ne sais pas quoi faire. Je suis censée me précipiter dehors, aller vite goûter à ma liberté. Mais je reste là, comme une gourde, incapable de prendre une décision. Hervé est plus réactif.

— Merci, les gars, merci ! Une chance que vous soyez passés par là. D'après ce que j'ai pu constater, il n'y a pas grand-monde dans le coin... C'était moins une, vous savez. Vous nous tirez d'un guêpier monumental. On est séquestrés depuis presque une semaine par une foldingue... ah mince, non, je ne peux plus la traiter de foldingue maintenant qu'elle est ma fille... Je ne sais pas comment vous remercier...

— Vous n'avez pas à nous remercier, bordel, vous auriez fait la même chose, à notre place !

— Ben non, Firmin, interrompt le roux, si le Monsieur veut nous remercier, faut pas l'empêcher ! C'est pas souvent qu'on me remercie, moi.

— Je trouverai, répond Hervé. Là, tout de suite, cela m'est impossible, mais sachez que j'ai les moyens de vous rétribuer pour votre sauvetage... avant toute chose, j'aurais besoin que vous nous aidiez encore. Vous avez un portable, sur vous ? Je dois mettre la main... En fait, il faut que j'empêche ma fille de faire une grosse bêtise.

Les yeux dudit Firmin vont d'Hervé à moi, l'air étonné.

— Non, ma fille, ce n'est pas elle, vous ne l'avez pas vue ? précise Hervé.

— Comment voulez-vous que je l'aie vue ?

— Ah ben ça, je rétorque, vous auriez pas pu la louper : immense, mince, super bien sapée, une bombasse de chez bombasse ! Et complètement nympho, avec ça, elle saute sur tout ce qui bouge du moment que c'est équipé d'un pénis en état de marche !

Hervé me lance un regard plus noir que noir et me fait taire illico presto. Va falloir que je me fasse à l'idée que c'est sa fille... Il ajoute :

— Vous auriez pu la voir, elle s'appelle Joanna, c'est elle qui nous a séquestrés.

Le nez des trois acolytes se plisse en même temps. C'est évident qu'ils passent du temps ensemble, ceux-là.

— Oui, je sais, c'est étrange, mais c'est un peu long à expliquer. Pour faire court, je viens moi-même d'apprendre que j'ai une fille de vingt-trois ans. Après avoir tenté de nous éliminer, je crois qu'elle s'apprête à commettre un acte répréhensible sur la personne de son grand-père biologique. Nous pouvons peut-être le retrouver avant elle...

Le roux lui tend son téléphone, après l'avoir déverrouillé. Hervé pianote quelques secondes et dirige l'appareil vers son oreille.

— Bonjour Madame, voilà, je suis à la recherche de Monsieur Sturl, Yves Sturl... oui, je l'ai bien connu, je sais qu'il a quitté l'entreprise depuis longtemps, mais voyez-vous, je l'ai perdu de vue, ainsi que sa famille, et j'aimerais lui faire part de la maladie d'une amie que nous avions en commun. Une personne qui lui était chère, voyez-vous, et qui souhaiterait lui envoyer un mot avant de... vous comprenez ? Abuserais-je de votre gentillesse en vous demandant simplement une adresse à laquelle je pourrais le contacter ? ... Merci infiniment, Madame, vous êtes charmante, merci beaucoup, au revoir Madame, au plaisir, merci.

Puis il fait une rapide recherche sur internet et rend le téléphone à son propriétaire.

— Vous êtes des chics types... où est-ce que je pourrai vous trouver ? Pour vous remercier ? Au fait, Hervé Lanœuf... et voilà Muriel...

— Firmin Lopez, et mes potes c'est Anis et Théo. Pas question de nous remercier, le plaisir est pour nous. Mais si vous voulez qu'on aille manger un tacos ensemble un de ces quatre, on va souvent au skate park des berges du Rhône, mais pas trop tôt le matin, hein.

— Très bien, je vous y retrouverai dans les jours qui viennent. Je dois régler le problème de ma fille d'abord, vous comprenez ?

— Allez-y, joder !

26

— Allez, Firmin, avoue : tu savais.
— Je savais quoi ? Je savais rien du tout, moi.
— T'as pas choisi le spot de skate par hasard, j'en suis sûr. T'avais compris qu'il y avait des gens enfermés dans l'entrepôt.
— Mais pas du tout, comment j'aurais pu savoir ?
— Firmin, arrête ! Sinon, pourquoi t'aurais pris un pied-de-biche dans ton sac ?
— Vous m'emmerdez, les garçons ! C'est interdit d'avoir un pied-de-biche ? Hein ? C'est interdit ?
— Non, mais d'habitude t'as pas de pied-de-biche. C'est quand même drôle, comme coïncidence, tu crois pas ? D'avoir un pied-de-biche pile le jour où il faut forcer une porte à un endroit où on est déjà venus, où t'es même déjà sûrement venu sans nous. Comment t'as su, Firmin ? Dis-nous s'tep, dis-nous comment tu savais... s'te plaît !
— Si je gardais pas un peu de mystère, ça serait moins rigolo, vous pensez pas ?
— T'es chiant, Firmin, t'es vraiment chiant...

L'octogénaire esquisse un sourire et hausse les épaules, à la façon d'un enfant en flagrant délit de chapardage dans les placards à confiseries. Il plonge la main dans la poche de son veston, en sort le joint qu'il s'était roulé juste avant d'attaquer son hamburger, puis se ravise.

— Anis, Théo, il faut qu'on aille voir un trouc. Théo, déverrouille ton smartphone et va dans ton historique.

Le jeune skateur s'exécute en quelques glissements de doigts sur l'écran presque entièrement fendu d'une toile d'araignée, puis tend l'appareil à Firmin.

— Tu cherches quoi ?
— Je veux savoir quelle adresse ils ont trouvée.
— Fastoche, regarde : c'est une maison de retraite, les Bleuets à Pusignan.
— Pas de temps à perdre, on y va, les garçons. C'est pas la porte à côté, surtout avec nos moyens de locomotion.
— Qu'est-ce qu'on va faire là-bas ?
— J'ai comme qui dirait envie d'aller voir de près à quoi elle ressemble, cette Joanna.
— Mais t'es fou ! Elle est super dangereuse ! Imagine, elle nous séquestre nous aussi !
— Je crois pas, moi, qu'elle soit si dangereuse que ça. Et puis elle risque pas de s'attaquer à nous. Un petit vieux et deux ados boutonneux, on l'intéressera pas.
— Merci pour le compliment, Firmin. Tu parles... c'est parce qu'ils ont dit que c'était une bombasse nymphomane que tu veux y aller... avoue !
— Et ben moi j'y vais, avec ou sans vous !

Firmin empoigne sa trottinette électrique, pose un pied sur l'engin, donne une légère impulsion de l'autre et enclenche le moteur. Anis et Théo soupirent et lui emboîtent le pas avant de monter sur leurs skates.

Une heure plus tard, le bâtiment austère malgré un ravalement récent rose pâle se dresse devant eux. Anis entre le premier.
— Euh bjour mdame, voilà, c'est pour mon grand-père, il voudrait visiter... c'est pour le jour où si jamais...
— Il faut prendre rendez-vous, répond une femme blonde à la carrure massive vêtue d'une blouse rayée, vous ne pouvez pas visiter comme ça, il faut quelqu'un pour vous montrer les lieux.
Firmin passe devant Anis et indique sa trottinette.
— Ça m'ennouie, Madame, je comprends bien que vous ayez des ordres, mais voilà... je suis venu exprès, et maintenant que je vous vois... bah j'ai encore plus envie de venir ici. J'en ai visité une tripotée, de maisons de retraite, mais c'est bien la première fois que je vois une aussi belle créature à l'accueil. Je vous imagine déjà en train d'illuminer mes journées. Vous devez en faire tourner, des têtes, avec un sourire pareil. Je me vois déjà : je descendrais tous les matins, je vous verrais...
Puis il penche légèrement la tête sur le côté et avance sa lèvre inférieure. Un jeune chiot candidat à l'adoption ne ferait pas mieux.
— Je suis désolée, vraiment. Je n'ai personne en ce moment pour vous faire visiter.

— On peut faire un tour vite fait, on ne dérangera pas, vous savez, on ne fera pas de bruit et on repart aussi vite qu'on est venus. S'il vous plaît...

Elle hésite quelques secondes, puis leur tend le registre des visites.

— Allez-y, mais vous devez laisser vos engins à l'accueil... et d'abord écrire vos noms ici.

— Ah, dit Firmin avisant le badge de la jeune femme, je ne vous oublierai jamais, belle... Sylvette... je peux vous appeler Sylvette ? Nous nous reverrons sûrement bientôt.

Ladite Sylvette a le feu aux joues.

Firmin s'applique : Jean-Philippe Ervitemonslip, Ted et Bill Ouquoi, puis il repose le stylo, l'air satisfait et fier de lui.

Sylvette regarde le trio s'éloigner dans le couloir javellisé.

— Bon, les garçons, il faut qu'on se planque pas loin de l'entrée. D'après le registre, il n'y a pas encore eu de visiteurs aujourd'houi, ça veut dire que Joanna ne va sûrement pas tarder.

27

Aah... le goût du beurre frais, la pâte qui s'effeuille à peine, moelleuse comme j'avais oublié, et les deux barres de chocolat noir au milieu comme un cadeau. Quand j'étais gamine, ils n'en mettaient qu'une seule. Le bonheur suprême avant de traînasser. De retour au centre de Lyon, j'ai une heure à tuer en attendant qu'Hervé fasse ce qu'il a à faire.

Je ne m'étais jamais rendu compte à quel point Lyon était une belle ville. Après plusieurs jours enfermée entre des murs de métal gris, dans une lumière blafarde et grise elle aussi, les couleurs de la ville me sautent aux yeux. Le ciel, déjà. Il y a encore une semaine, j'aurais dit qu'il était bleu avec des nuages blancs. Il est bleu clair ici, cyan là-bas, il passe par du mauve à l'horizon, et les nuages sont d'un blanc jaune au-dessus de la tour de la Part-Dieu. Et là où ils commencent à s'effiler, ils prennent ce blanc cotonneux mais presque transparent par endroits.

Les rues sont encore calmes. Les trottoirs sombres et mouillés viennent d'être lavés, j'entends le moteur du véhicule et le frottement des brosses circulaires. Ce bruit, qui d'habitude me dérange, il me réjouit. Il évoque un quotidien banal, mais dont je comprends qu'il est essentiel.

Une à une, quelques boutiques lèvent le rideau métallique dans un grincement strident, les vitrines s'éclairent, révélant des mises en scène minimalistes, des mannequins immobiles, recouverts de vêtements parfois étranges, dont je parierais qu'ils sont inconfortables, des étiquettes toutes petites à plusieurs zéros. Je n'étais pas souvent venue rue Émile Zola, je ne me suis jamais aventurée tellement en-dehors de la rue de la Ré, plus large, théâtre de danseurs hip-hop, de sondeurs, de quémandeurs de signatures, de SDF, de bandes d'adolescents traînant des pieds et ricanant bêtement... de bandes d'adolescents, en fait. Une rue vivante, normale, avec des gens normaux, quoi. Mais bon, comme j'ai compris que Joanna venait souvent s'acheter des fringues ici, j'ai bien envie de venir voir de quoi il retourne. Qui sait, il suffit peut-être que je m'habille dans ses boutiques pour avoir son allure illico. Ça n'avait pas l'air bien compliqué. Qu'est-ce que je risque à aller jeter un coup d'œil ? De toute façon, Hervé m'a donné rendez-vous dans une heure au café des Négociants, il faut bien que je m'occupe en attendant.

Je me pose devant une vitrine. Au hasard. Les vitres montent jusqu'à l'étage supérieur. Sur l'estrade en bois clair, j'avise un mannequin en salopette de chantier. Je ne sais pas si c'est la vendeuse qui a fait un boulot de cochon : il y a une bretelle mal accrochée et tout l'avant du vêtement pendouille à gauche. Et puis c'est quand même dommage qu'ils aient oublié de faire les ourlets du bas. Les vêtements de travail sont mieux finis à Gamm Vert. M'est avis que ça doit pas être dans cette boutique qu'elle achète ses fringues, Joanna. Le pull qu'ils ont posé à côté a des coutures apparentes, une couleur indéfinissable entre le kaki et le caca d'oie, il est tellement ajouré qu'il ne risque pas de tenir chaud... si ça tient pas chaud, un pull, à quoi ça sert, hein ? Et je ne comprends pas trop non plus le concept des chaussures qu'ils ont foutues au pied du mannequin. Si c'est pour aller avec, il va falloir m'expliquer. Talons de quinze centimètres de haut et cinq millimètres de large, cuir percé de petits trous, bout ouvert... en novembre ? Avec une salopette ? Mouais... Je vais plutôt aller voir les autres magasins. Là, je sais pas trop si on se fout de ma gueule ou... si on se fout de ma gueule, en fait.

C'est quand même pas mal, cette rue : ça sent encore le citron du détergent des éboueurs, on peut marcher sans vérifier qu'on n'est pas en train de shooter dans une crotte de chien... quoique la vieille bourge et son yorkshire, là-bas, je les vois venir. Elle l'a pas sorti que pour lui faire prendre l'air, son clébard. Et voilà, qu'est-ce que je disais... La peluche sur pattes à sa mémère a pas fait trois mètres qu'elle descend son arrière-train et s'y met. Ça me rassure, finalement. C'est comme ailleurs. Mais qu'est-ce qu'elle fout, la rombière, avec son sac en plastique vert ? V'là-t'y pas qu'elle se baisse, qu'elle enfile sa main dans le sac, ramasse l'étron fumant, retourne le sac et fait un petit nœud... Je sens mon pain au chocolat remonter à la limite de ma glotte... C'est bien, c'est citoyen, mais je m'interroge quand même. Vu le look de la vieille bourge, ça doit sûrement se payer une femme de ménage. Par contre, ça ramasse la crocrotte à son chien-chien à mains nues ou presque. Je crois que je préfère encore nettoyer mes chiottes. J'en suis à ces considérations quand je vois le quasi-sosie de la bourgeasse, avec un clebs au nez écrasé et aux pattes arquées. Sans sac. Et vu la façon dont elle s'éloigne du petit recoin, je me dis que cette rue est bien comme les autres. Et qu'à ce rythme de rombières-chiens-chiens, va bientôt falloir slalomer.

Oh putain ! Mes yeux s'écarquillent dans le reflet de la vitrine, mon cœur fait un bond, puis mon regard reste scotché. La robe rouge, en face de moi, est absolument sublime. Maille fine, décolleté arrondi qui m'irait super bien, petites manches trois-quarts qui compresseraient juste ce qu'il faut le début de cellulite sournoisement logé sous mes bras, évasée nickel-chrome, longueur pile au-dessus du genou, à la fois simple et sophistiquée. Si je la mets avec mes escarpins rouges, ça peut vraiment le faire. Peut-être trop de rouge, par contre. Il faudrait que je puisse demander à Joanna, elle saurait, elle. Quand on la chope, je lui demande. Alors, combien ça coûte, une petite merveille comme ça ? Aucun prix en vitrine. Je décide de pousser la porte.

À l'intérieur, un mélange de jasmin et de bergamote ravit mes narines. En vrai, je ne sais pas ce que ça sent, c'est juste que jasmin – bergamote ça sonne bien, mais putain, quel parfum ! Les vêtements sont tous sur des cintres en velours noir, espacés de la largeur d'une main de façon absolument régulière. Il doit y avoir une vendeuse dédiée exclusivement à l'écartement des cintres. Un immense espace vide, au milieu. À vue de nez, ils auraient pu en caser cinq fois plus. Il y a des trucs qui m'échappent.

Trois vendeuses. Ils foutent trois vendeuses pour fourguer trente fringues à tout casser. Au Kiabi vers chez moi, elles sont trois sur huit-cents mètres carrés minimum et au moins, elles ne me regardent pas avec des yeux méfiants, les bras croisés dans le dos, sans bouger, sans sortir un mot. Je leur balance mon plus beau sourire, j'espère juste qu'il ne reste pas un morceau de pain au chocolat coincé entre mes dents. J'ai déjà une tenue pas franchement nickel, mes cheveux se disent tous merde les uns aux autres, il est possible, voire plus que probable, que je dégage une odeur de moisi et de transpiration mélangés, alors le bout coincé dans les dents, ça pourrait achever de me discréditer.

— Je voudrais essayer la robe en vitrine, s'il vous plaît.

La blonde sourit faussement. Elle n'arrive pas à cacher son dégoût. C'est sûr, cette fois : j'ai un morceau entre les dents. Vu sa tronche, il doit être bien gros et bien noir.

— Je vous laisse vous installer en cabine, je vous l'apporte. Quelle taille faites-vous, dites-moi ? On peut essayer le quarante-deux. Vous

savez, il n'y a pas de quarante-quatre ici... Allez-y, on verra ce qu'on peut faire...
 Mais quelle truie, celle-là !

28

— Putain, Hervé, vous faites vraiment chier ! J'avais pas tilté que les Négociants, c'était à ce point huppé ! J'ai une tronche à fréquenter des endroits pareils ?

— C'est bon, asseyez-vous, vous n'arrêtez jamais d'être grossière ? C'est pas huppé, les Négo. Un jour je vous emmènerai dans un lieu encore plus chic.

Il me détaille de haut en bas pendant que je prends place sur la chaise en velours, enveloppante et moelleuse. Son sourcil gauche forme un accent circonflexe.

— Vous allez sûrement m'expliquer pourquoi j'ai l'impression que vous avez à la fois fait du shopping et couru un cent mètres haies ? Elle vous va à ravir, cette robe rouge, mais c'est dommage, ces auréoles sous vos aisselles...

Je lui dis ou je lui dis pas ? Ça le choquera pas. N'empêche, ça conforte ma théorie qu'il faut sacrément faire gaffe aux fréquentations des gamins. Même pas une semaine que je côtoie des truands, et la gentille Muriel bien rangée, bien dans les clous, paf ! elle choure une robe dans un magasin. Je sais pas ce qui m'a pris. C'est sûr que j'allais jamais pouvoir me la payer, cette robe, mais de là à sortir de la cabine en furie, bousculer les trois vendeuses et piquer un sprint jusqu'à réussir à les semer, il y a quand même un sacré pas à franchir. Peut-être sa tronche de connasse... sa remarque sur ma taille...

— Trop long à vous expliquer...

Derrière son visage impassible, j'entraperçois un frémissement à la commissure de ses lèvres, comme s'il se retenait de rire.

— Oui, sûrement... Bon, moi de mon côté, j'ai pu récupérer de l'argent et un flingue. Ça a été facile. On va pouvoir aller chercher le grand-père de Joanna. Il est dans une maison de retraite à une demi-heure d'ici. D'ailleurs, on ne va même pas rester, il ne faut pas perdre de temps.

— Vous déconnez ? Vous croyez que je vais tenir la journée avec un pain au chocolat dans le ventre ?... Un flingue... vous voulez dire un vrai flingue ? Mais vous êtes dingue !

Sauf qu'il est déjà à la porte et me fait signe de sortir sous le regard poli et néanmoins très légèrement haineux du garçon de café qui nous apportait les cartes.

29

Sylvette est perplexe. Étonnant, qu'un homme capable de faire de la trottinette veuille prendre pension aux Bleuets. Et plus étonnant : d'habitude, c'est la famille qui s'en occupe, qui prend le premier contact, pressée peut-être, de s'alléger d'un fardeau. Et puis cet air jovial, enjoué.

Les gens ont décidément des comportements bizarres, aujourd'hui. Cette belle jeune femme, juste avant l'apparition du trottinettiste et des skateurs. Venue rencontrer son grand-père pour la première fois. Annoncer un décès, Sylvette, elle sait faire. Mais elle a de la peine pour cette pauvre fille : si elle était arrivée hier soir, elle aurait pu le voir. Pas de bol. Mais la jeune femme a eu une réaction inhabituelle. Au lieu de fondre en larmes ou d'être abattue, elle a tambouriné sur le mur en hurlant de rage. Elle en a mis du temps, Sylvette, pour la calmer. D'habitude, elle console. Là, elle a posé sa main sur l'épaule de la jeune femme, lui a caressé les cheveux de plus en plus doucement, comme à un bébé pour qu'il s'endorme. La jeune fille a fini par se calmer, et Sylvette l'a emmenée dans la salle de repos, derrière, afin qu'elle puisse s'allonger. Elle est encore allée la voir il y a cinq minutes, elle dormait toujours mais son sommeil était agité. Elle ne va pas tarder à se réveiller. Pauvre petite. Pourquoi cette rage ? Sylvette va devoir la surveiller un peu, quand même. Son accès de rage a soulevé un vent de panique, qui a vite faibli, certes, mais si le raffut recommence, cela risque de devenir compliqué à gérer.

Encore dans ses pensées, Sylvette voit arriver un chauve, immense, chemise hawaïenne dans un camaïeu de verts et de roses, accompagné d'une femme dont la robe rouge éclatant, certainement hors de prix, ne parvient pas à raviver le teint fadasse et les cheveux ternes.

— Bonjour Madame, pouvez-vous m'indiquer dans quelle chambre je peux trouver Yves Sturl, s'il vous plaît ?

Sylvette prend une mine déconfite. Cet homme n'avait jamais de visite, et voilà que tout le monde s'intéresse à lui quelques heures après son trépas.

— Excusez-moi... vous étiez proches ? Monsieur Sturl vient de décéder...

— Merde ! Comment ? De quoi est-il mort ?

Encore une réaction inhabituelle, se dit Sylvette.

— Et bien vous savez, il est mort de vieillesse, comme on dit. Il y a bien toujours un déclencheur, mais là, il a juste arrêté de respirer.

— Quand cela s'est-il passé ?

— Hier soir.

— Hier soir... pas possible... vous êtes sûre ? Ce n'était pas ce matin ? Est-ce que quelqu'un d'autre est venu le voir avant son décès ?

— Il y a bien sa petite-fille, mais elle est arrivée après. La pauvre, elle ne l'avait jamais rencontré, vous vous rendez compte ? C'est vraiment pas de chance. Vous la connaissez, peut-être ? Elle se repose là, derrière.

Entre temps, Firmin, Anis et Théo sont revenus, discrètement. Ils sont tout ouïe. Concentrée sur les personnes à qui il faut annoncer la mauvaise nouvelle, Sylvette ne les a pas remarqués.

— La madre que le parió ! Elle est où, la fille ?

L'interjection de Firmin a pour effet de faire sursauter Sylvette, Hervé et Muriel, et de sortir Joanna de sa torpeur. Elle émerge de la salle de repos les cheveux en pétard, les yeux rougis, des traces de mascara sur les joues et la robe de travers.

30

C'est dingue comme tout peut basculer. Je suis dans le hall d'accueil d'une maison de retraite de la banlieue lyonnaise, en robe de soirée rouge chourée dans une boutique de luxe, à consoler la fêlée du bocal qui m'a séquestrée pendant une bonne semaine dans un entrepôt désaffecté. Il y a encore huit jours, j'épluchais les offres d'emploi en râlant à chaque grain de sable dans les rouages de ma vie plan-plan.

Joanna me demande pardon, appuyée sur mon épaule. Je me demande si c'est pas de la morve qui commence à dégouliner sur la couture. Pas grave, ça partira au lavage, sûrement.

C'est fou les préjugés qu'on peut avoir. Hervé a l'air ailleurs. Déboussolé. Un mélange d'anxiété et de béatitude. Le même que le père de mes enfants quand le premier est né. Il vient d'être papa et il ne sait pas comment s'y prendre. La première fois que je l'ai vu, je tremblais de trouille parce que je croyais que c'était un mec dangereux. Un truand. Mouais. Le grand-père de Joanna, il était quoi, lui ? Alors qu'Hervé, je dirais qu'il a une influence intéressante sur moi. Je me demande si mon vocabulaire ne se serait pas nettement amélioré.

Et Joanna, putain... c'est dingue, cette Joanna.

Je me sens bien.

Dans ma tête, une musique douce et planante s'installe. Joanna se détache de mon épaule. On va dire que je me contrefous de la tache visqueuse qu'elle laisse sur le haut de ma manche. Elle hésite puis lève le regard vers son père et va se blottir dans la chemise hawaïenne. Le Chauve l'encercle de ses bras. Et voilà, ça pouvait pas louper. J'ai la même boule dans la gorge que devant ces films à la con, au moment où ça devient triste et gai à la fois, super émouvant. Et je me mets à chialer comme une idiote. C'est que je m'y suis attachée, à ces deux énergumènes. Et pas qu'un peu, je crois. Dans ma tête, il y a des violons qui jouent, et une voix grave et suave qui accélère la cadence de mes larmes.

Nos trois sauveteurs ont l'air de ne pas en revenir. Je discute un moment avec Firmin. Lui, il ne rentre dans aucune case. Ses copains ont soixante-cinq ans de moins que lui et lui font la guerre pour qu'il arrête de se nourrir chez McDo et au tacos du coin. Il fume des joints sans se cacher et il circule en trottinette. Il reluquait Joanna comme s'il était certain d'avoir une ouverture avec elle, jusqu'à ce qu'il apprenne ce qu'elle vient de vivre. Il lui a proposé de les rejoindre au skate park, plus tard, pour se détendre. Qu'est-ce que c'est bien, finalement, de ne pas pouvoir mettre les gens dans des cases.

Anis et Théo, c'est typiquement, le genre de gamins qu'on regarde de travers. Même quand on a soi-même des ados, les autres ados sont forcément une menace pour notre progéniture. Ils ont cet air un peu fatigué, blasé de tout, le pantalon qui descend à mi-fesses et une passion pour une planche à roulettes, engin mortel s'il en est. Sauf qu'ils sont potes avec Firmin, ils se soucient de son alimentation, vont le voir s'il n'est pas au rendez-vous. Pas besoin de beaucoup gratter la surface.

La petite musique continue. Il n'y a plus de violons, remplacés par des chœurs et des sifflotements, une ritournelle légère.

Et je les regarde, tous, les uns après les autres.

Mon thorax se gonfle en soubresauts, je me mets à sourire, puis à rire discrètement, et en même temps je pleure à chaudes larmes. Elles me dégoulinent dans le cou. Je dois pas ressembler à grand-chose, mais je m'en fous.

Six mois plus tard

J'ai dit à la bande que je serais un peu en retard à cause des enfants. Dès qu'on en a l'occasion, on coupe les portables et on joue aux cartes pendant une heure. On s'engueule toujours un peu, inévitablement : j'aime pas perdre et eux non plus. Les chiens font pas des chats. Mais ce moment-là, il est devenu sacré. Malgré mon travail hyperprenant, pas question de faire l'impasse dessus. Bon, forcément, mon nouveau job, il décolle moyen-moyen... en fait, il décolle pas du tout. Pas facile d'être entrepreneure. Je m'étais dit qu'avec une belle plaque dorée, ça attirerait le chaland. « Muriel Glup, détective privée ». Faut croire que c'est pas suffisant. Mais le bouche-à-oreille va bien finir par payer. Un jour. Y'a pas de raison.

Avec la bande, on se retrouve une fois par semaine, dans un boui-boui ou au skate park si le temps le permet. On boit un coup tous ensemble.
— Salut ! Désolée, j'étais sur le point de gagner et Lili-Parme a posé son putain de joker que j'avais totalement oublié. Du coup, on a dû refaire une partie, forcément, j'allais pas la laisser me passer devant encore une fois.

— T'as pas encore triché ? me lance Joanna en insistant sur le mot encore.

— Si c'est pour la bonne cause, c'est pas vraiment de la triche, non ? Si j'avais été complètement honnête, je peux te dire que vous seriez toujours en train de m'attendre.

Je lui tape quand même la bise, à Joanna. Je la trouve gonflée, de me faire ce genre de remarque... franchement. J'embrasse aussi nos quatre acolytes masculins. Hervé est en train d'aider Anis à faire son CV, je ne m'attarde pas avec eux.

— T'as fait un truc à tes cheveux ? me demande Joanna.

— Non, pourquoi ?

— Justement, tu devrais. Tu ne veux vraiment pas que je t'emmène voir mon coiffeur ? Il fait des miracles.

— Joanna, arrête avec ça. Ça fait partie de ma stratégie de camouflage : passer inaperçue.

— Pour l'instant, est-ce qu'il ne vaudrait pas mieux que tou te fasses remarquer ? demande Firmin. Si t'as pas de clients, ça sert pas à grand-chose. Au lieu d'une stratégie de camouflage, tu veux pas qu'on t'aide à élaborer une stratégie de prospection ? Ton camouflage, tu t'en occuperas après.

— Pas bête. Ça se fait comment, une stratégie de prospection ?

Là, c'est comme si je venais de demander une minute de silence. Je suis peut-être pas au top, mais au niveau entrepreneurial, le gruppetto ici présent, c'est pas ce qu'il y a de plus expérimenté. Hervé serait bien celui qui s'en rapprocherait le plus, mais j'ai peur qu'il me suggère de coincer mon prospect avec un flingue dans une rue sombre en menaçant de buter sa gonzesse s'il ne fait pas illico presto appel à mes services. Et ce n'est pas ce à quoi j'aspire. Prendre exemple sur Joanna ? Elle appâterait n'importe quel individu de sexe masculin même avec les ongles pleins de crasse, une haleine à l'ail et un vieux pyjama — charentaises. Niveau mecs, elle s'est d'ailleurs calmée lorsque son psy lui a fait prendre conscience que sa nymphomanie venait de ses origines refoulées. Elle s'y est vite remise quand elle a constaté que si elle avait été un homme, son comportement n'aurait choqué personne. Ce qu'elle veut, elle l'obtient parce qu'elle ne s'inflige aucune barrière. Morale, qu'en dira-t-on, elle s'en fiche. Et même si j'ai fait des progrès, j'ai encore pas mal de barrières à faire sauter et de livres de développement personnel à me farcir avant d'avoir son culot. Elle en a eu marre de l'immobilier (elle bosse vraiment dans l'immobilier) et elle aussi, elle a eu envie de se reconvertir. Hervé lui a même proposé un job sur son projet de centre commercial. Mais Joanna, elle est pas du genre à laisser les autres décider pour elle. Sa reconversion, elle l'a faite dans sa vie perso : elle passe presque tout son temps libre dans une association de personnes nées sous X.

Alors que j'attends encore une réponse à ma question sur l'élaboration d'une stratégie de prospection, Firmin en profite pour placer sa phrase habituelle :

— Vous avez pas faim ? Moi, j'irais bien au tacos, ça vous dit ?

Deuxième blanc. Voilà Firmin qui recommence.

On dirait pas comme ça, mais on a beau bien s'entendre, on a des divergences culinaires qui ont fichu des bâtons dans les roues à toute perspective de banquet en commun, au début. J'en n'ai rien à faire, moi, de manger de la junk food, de la barbaque saignante AOC ou des graines germées garanties véganes, bio et sans gluten. Un jour, j'ai même lancé la suggestion à Hervé :

— Hervé, dans ton futur centre commercial, tu pourrais pas prévoir un local pour un resto multiconvictions ? Avec un coin barbecue pour les viandards, un potager bio self-service pour les acharnés du manger sain, et une bassine de friture géante pour Firmin ?

Et bien il en a fait une, d'étude, pour ouvrir un truc pareil. Pas viable. Du coup, on se débrouille pour se voir à l'apéro, avec les boissons c'est moins compliqué de satisfaire tout le monde. Et puis un jour, c'était il y a un ou deux mois, je leur ai dit de venir manger à la maison. Ils ont pas trop osé dire non. C'était l'été, j'avais dressé le couvert dehors, les voisins avaient tous allumé les barbecues, il y avait une délicieuse odeur de viande grillée, l'herbe avait bruni à cause de la sécheresse, il faisait une chaleur à crever et le parasol ne donnait de l'ombre qu'à la moitié de la table mais on s'en fichait. Je leur avais fait une ratatouille. J'avais passé du temps, cherché des bons légumes bio pour Joanna, de l'huile d'olive et du piment d'Espagne pour Firmin (flatter ses origines a été le seul moyen que j'ai trouvé pour l'obliger à goûter), et j'ai dit à Hervé d'imaginer que ma ratatouille accompagnait une côte de bœuf. Anis et Théo, pas de problème : ils mangent de tout, eux. Ou ils sont polis. En tout cas, ce jour-là, j'étais pas peu fière. Quand tout le monde a attaqué le plat, ils se sont tus. Il faut avouer que ma ratatouille, j'ai beau la faire depuis quasi vingt ans, je l'avais jamais aussi bien réussie. Fondante, relevée juste ce qu'il faut, goûteuse, aucun légume n'éclipsait les autres... non, vraiment, du grand art. Je les ai vus saucer et resaucer (j'avais trouvé du pain complet bio végane sans gluten mais mangeable, et même étonnamment bon). Et bien ce jour-là, il s'est passé un truc. Une bonne tambouille, ça rassemble.

Joanna s'est mise dans un coin du bistrot et me fait signe de la rejoindre.
— Muriel, j'ai peut-être du travail pour toi.
Mon cœur s'affole.
— J'ai mis le doigt sur un truc pas net. Tu vois le musée des Beaux-Arts, place des Terreaux ?
— Jamais mis les pieds, mais je connais un petit peu Lyon quand même. Qu'est-ce qu'il a, le musée des Beaux-Arts ? Ils vont le transformer en poissonnerie ? En suppositoire géant ?
— Un milliardaire étranger est sur le point de faire main basse dessus.
— C'est quoi, tes sources ?
— Top secret, je ne peux évidemment rien te dire. Fais-moi confiance. Tu me suis, sur ce coup-là ?

Remerciements

Merci.
À toi, lectrice, lecteur, d'avoir lu ce roman.
À Isabelle,
pour tes ateliers d'écriture fondateurs.
À Marie,
pour ton œil aiguisé et tes critiques constructives.
À Laurence, pour tes encouragements.
À Daniel, Marie-Christine, Muriel, Pascale et à tous mes compagnons d'ateliers d'écriture.
À Cécilia et Patricia,
pour vos avis sur la touche finale.
À Sandrine, pour l'habillage.
À Stéphane,
pour ton soutien, ta patience, ton amour.
À Héloïse, Lorraine, Baptiste, Hélène et Denis,
pour hier, pour aujourd'hui, pour demain.
Merci.

© 2020, Raphaëlle Jeantet

Édition : BoD – Books on Demand
12/14 rond-point des Champs-Élysées, 75008 Paris
Impression : BoD – Books on Demand, Norderstedt, Allemagne

ISBN : 978-2-322-22396-1

Dépôt légal : mai 2020